DREAMBOOKS

# 전생자 8

초판 1쇄 인쇄 2018년 9월 24일
초판 1쇄 발행 2018년 11월 6일

지은이 나민채
발행인 오영배
기획 박성인
책임편집 김다슬
일러스트 eunae
디자인 권지연
제작 조하늬

펴낸 곳 (주)삼양출판사 · 드림북스
주소 서울시 강북구 도봉로 173
대표 전화 02-980-2112 팩스 02-983-0660
편집부 전화 02-980-2116 팩스 02-983-8201
블로그 blog.naver.com/dreambookss
출판등록 1999년 3월 11일 제9-00046호

ISBN 979-11-283-9471-3 (04810) / 979-11-283-9410-2 (세트)

드림북스는 (주)삼양출판사의 판타지 · 무협 문학 브랜드입니다.

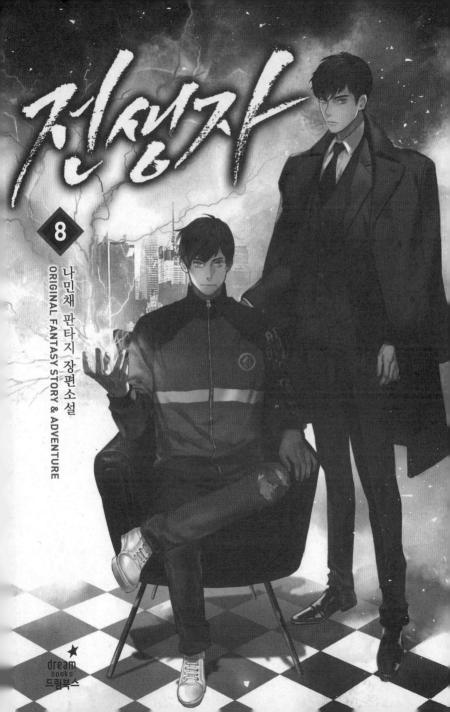

전생자

8

나민채 판타지 장편소설

ORIGINAL FANTASY STORY & ADVENTURE

dream
books
드림북스

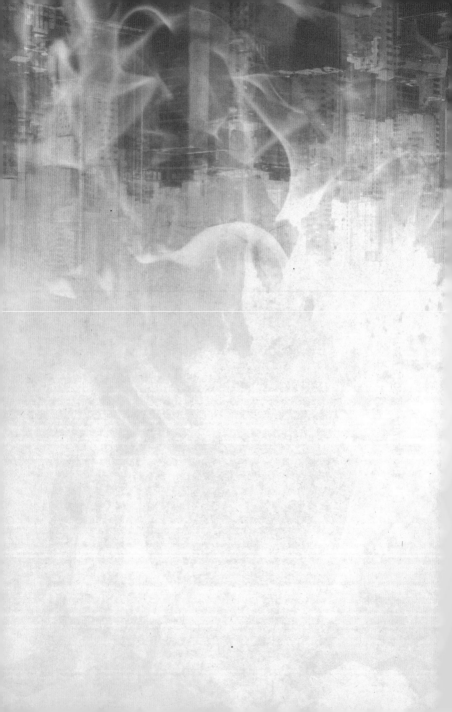

# 목차

---

Chapter 1.

메시지가 어둠 속에 떠 있었다.

[ 퀘스트 '혈안'의 완료 조건을 충족하였습니다. 최초
와 차순위자를 합의하에 결정하여 주십시오. ]

눈을 뜨자 높은 비탈이 보였다.

사지를 움직일 수 있는 상태였다.

정신을 잃기 전 그리도 높아 보였던 비탈은 발 한 번 구
르는 것만으로도 빠져나올 수 있었다.

피로 가득 차 있는 저 구덩이 속에서 용케 질식하지 않고 살아남을 수 있었던 건 아마도 무의식중의 생존 본능 때문이었으리라.

주변이 피비린내로 진동했다. 떨어져 있는 살점들로 바닥이 미끌거렸다.

살육의 공기가 무겁게 남아 있었다.

바클란 군단장의 목이 잘린 단면에선 지금까지도 핏방울이 떨어지고 있으며, 놈의 가슴에는 태양 검이 꽂힌 채 활활 타오르고 있었다.

그랬지.

놈은 목이 잘린 후에도 죽지 않았다.

최후의 일격인 듯 놈이 죽기 전에 시도한 공격은 공포스러웠다.

그때 괴력자가 터지지 않았다면, 권능 저항력을 높여 놓지 않았더라면.

놈이 처한 운명이 곧 내 몫이었을 것이다.

놈의 가슴에서 태양 검을 회수한 다음 우연희를 끄집어냈다.

그녀는 아무렇게나 터져 버린 시체들 속에 파묻혀 있었다.

높은 체력 등급답게 우연희도 재생이 끝난 상태였다.

비록 핏물을 뒤집어쓴 상태지만 마리의 손길을 시전한

즉시, 터져 버렸던 안구며 살갗을 뚫고 나온 뼈들이 제자리를 찾은 모습이다.

우연희를 안아 들었을 때, 그녀가 몹시 가볍다고 느꼈다. 용케도 이런 작은 체구로 여기까지 따라왔구나.

새삼 우리가 함께 헤쳐 온 지난 세월들이 감격스러웠다.

마침내 해냈다.

단둘이서 B 등급 던전을 격파했다. 실로 믿기지 않게도.

근처에는 깨끗한 곳이 없었다.

전력을 다했던 오딘의 분노는 몬스터들을 휩쓸었다. 태우고 터트리고 찢어발겨 놓았다. 그러니 살점들 태반이 재로 변해, 걸음을 옮길 때마다 뿌옇게 일어나는 것이다.

우연희를 안아 든 채로 바클란 군단장의 시체 속을 뒤지고 있을 때였다.

손에 마석이 걸리는 느낌과 동시에 우연희도 눈을 떴다.

"살았네."

미소와 함께였다.

이 미소를 보고 싶었다.

처절한 비명과 신음 소리만 내뱉던 지난 수십 일의 괴로운 여정에 종지부를 찍어 주는 미소였으니까.

우연희는 바닥으로 내려서 몸을 움직이기 시작했다. 쭈그리고 앉았다가 일어나 보기도 하고, 팔을 돌리며 고개도

꺾어 본다.

완벽히 회복되었다는 걸 제대로 확인한 우연희는 더 밝은 미소를 지었다.

"우리 참 질기다."

나도.

속으로만 대답했다.

B 등급 던전은 지옥 그 자체였다.

한편 덕지덕지 굳은 핏물들 덕분에 노출 정도가 희석되었을 뿐이지, 사실 우리는 나신(裸身)에 가까웠다.

옷처럼 입고 있던 아이템들이 보스 전에서 파괴되었다. 남은 건 A급 이상의 아이템들이다.

금강 역사의 수호장갑, 관제의 언월도, 라의 태양 망토, 헤르메스의 만능 발찌. 그리고 2년 전 공적 퀘스트에서 띄운 아도니스의 신성 투구까지.

그러니 A급 이상의 아이템이 한 개뿐인 우연희는……

그때 그녀가 말했다.

"그 퀘스트, 할 수 있을까?"

그녀도 나와 같은 생각인 모양이었다.

어떻게든 바클란 군단장을 잡으며 퀘스트 조건 하나를 채웠지만, 다음번에도 가능할지 확신이 들지 않는 것이다.

수행 중인 공적 퀘스트가 하나 있다.

칠마제 중 하나인 둠 아루쿠다와 연관된 퀘스트.

말이 나온 김에 바클란 군단장에게서 빼낸 마석에 육감을 일으켰다.

[ 권능 추출(퀘스트 스킬)을 시전 하였습니다 ]

[ 바클란 군단의 방해자 : 바클란 군단장에 깃든 권능 추출 1/5 ]

이 검은 기운은 내 안으로 흡수되지 않는다.

쉬아아—

시스템이 거둬 가고 있다.

B 등급 던전에서 얻을 수 있는 최고 박스는 마스터 박스까지다.

그건 A 등급 던전에서도 마찬가지다.

개수의 차이가 있지만, 어쨌든 첼린저 박스를 얻기 위해선 S급 던전과 S급 게이트 혹은 그에 상응하는 점수를 쌓아야 하는 것이다.

본 시대에서 내가 경험한 것까지는 그랬다.

그러나 차단자 특성으로 말미암은 공적 퀘스트로 창구 하나가 더 열렸다.

그런데 눈여겨볼 점은 공적 퀘스트의 난이도가 퀘스트

등급에 비해 낮다는 데 있었다.

이제는 확신할 수 있다.

시스템은 난이도보다 퀘스트의 의미에 비중을 두고 있
다.


첫 공적 퀘스트는 '바르바 군단의 방해자' 였다.

바르바 군단의 역병 연구 속도를 늦추는 퀘스트로, 본 시
대에 남미 대륙을 생존 불가능 지역으로 만들었던 병마(病
魔)의 발목을 붙잡는 퀘스트였다.

두 번째 공적 퀘스트는 '마루카 일족의 방해자' 였다.

둠 인섹툼과 연관된 퀘스트이자 마루카 일족의 제단을
파괴하는 퀘스트로, 중앙아시아 대륙을 며칠 만에 장악해
버린 마루카 일족의 폭발적인 생산력을 억제시키는 퀘스트
였던 것 같다.

그리고 지금의 세 번째 공적 퀘스트인 '바클란 군단의
방해자' 도 그렇다.


[ 바클란 군단의 방해자 (퀘스트)

바클란 군단의 군단장들에게는 **둠 아루쿠다**의 권능
이 깃들어 있습니다. **둠 아루쿠다**는 군단장들의 영혼에
심어 둔 권능이 배양되기만을 기다리고 있습니다. **둠**

**아루쿠다**가 기다리던 날이 도래하면 바클란 군단은 보다 강력해질 것입니다. 바클란 군단이 강력해지도록 내버려 두지 마십시오.

임무: 바클란 군단장에 깃든 권능 추출 5번.
등급: S ]

본 시대에 바클란 군단이 일약 강해지는 순간이 있었다.

바클란 군단의 던전 등급이 갑자기 상승했던 것은 그렇다 쳐도, 그것들의 게이트가 열릴 때가 문제였다. 게이트 전투의 성패 여부와는 상관없이 인류의 생존 도시가 파괴되어져 갔었다.

지금의 공적 퀘스트는 그걸 막는 퀘스트였다.

때문에 B 등급 던전에 들어왔던 것이다. 여기가 지옥임을 알면서도 말이다.

문득 우연희의 목소리가 상념을 깨고 들어왔다.

"내가 차순위야."

"내가 최초다."

[ 퀘스트 '혈안'을 완료하였습니다. ]
[ 100000 포인트를 획득하였습니다. ]

[ 최초 완료 보상으로 '마스터 박스'를 획득하였습니
다. ]


[ 던전 내 모든 퀘스트를 완료하였습니다. ]
[ IOOOOO 포인트를 획득하였습니다. ]
[ 최초 완료 보상으로 '마스터 박스'를 획득하였습니
다. ]


그렇다.
하이 리스크, 하이 리턴인 것이지.


＊　　　＊　　　＊


지난 5년.
05년까지 D 등급 던전 22개를 격파하며 탐험자를 제외한 모든 종목을 B 등급 이상까지 성장시킬 수 있었다.
지금 던전에 들어오기 전까진 C 등급 던전들을 돌았다.
그 개수도 우연히 일치해서 똑같은 22개.
A 등급으로 성장시킨 종목 수는 16개(능력치 4종목, 특성 8종목, 스킬 4종목) 중 5개.
그렇게 직전의 마스터 박스에서 띄운 수치 두 개를 더한 결과는 다음과 같다.

　　[ 이름: 나선후

　　체력: B(11) 근력: A(0)

　　민첩: B(95) 감각: B(39)

　　누적 포인트 : 255,390

　　공적 : 406

　　특성(8) 스킬(4) 인장(1) 아이템(5) ]

　　[ 특성 — 역경자: B(25) 괴력자: A(1) 탐험자: C(91)

　차단자: B(60) 질풍자: A(0) 타고난 자: B(31) 예민한

　자: B(1) 수집자: A(0) ]

　　[ 스킬 — 오딘의 분노: A(5) 데비의 칼: B(2) 가이아

　의 의지: B(38) 개안: B(5) ]

세상 밖으로 나갈 수 있는 푸른 막이 시선에 들어왔다.

비로소 실감이 들었다.

단둘이서 B 등급 던전을 격파하다니.

이번에도 본 시대의 상식으로는 절대 납득할 수 없는 일

을 해낸 것이다!

최초로 C 등급 던전을 격파한 06년의 어느 날에도 흥분

에 가득 차서 며칠간 밤을 지새웠는데, 오늘 밤부터는 또

어떻겠는가.

그렇지 않아도 앞서 걷는 우연희의 뒷모습에 조바심이
들었다.

오늘을 기약하며 던전 초입에 남겨 뒀던 옷으로 갈아입
은 그녀.

우연희가 입고 있는 건 던전에 들어오기 전과 같이 스커
트였다. 그 밑으로 드러난 탄탄한 다리와 스커트 위의 엉덩
이 윤곽에 자꾸 눈이 간다.

내 모든 긴장이 풀렸다는 징조였다.

그 순간만큼은 정말로 현실에 돌아가는구나 싶었다.

우연희가 먼저 막을 빠져나가서 나를 돌아보았다. 그런
그녀의 뒤로 몰려드는 사람들이 보였다.

내가 던전에서 나온 순간에, 실내의 조명이 한층 더 밝아
졌다.

팟! 팟! 팟!

그동안 전원이 내려가 있던 조명들이 축포처럼 켜지기
시작했다.

강화 콘크리트로 지은 돔 형식의 구조물 안이다. 던전을
공략하지 못했을 때, 그러니까 도망쳐 나온 이후를 대비해
지어 놓은 건물이었다.

시작의 날 이후에는 방공호로 이용할 수도 있게끔 설계

되었다.

물론 B 등급 던전의 몬스터들이 기어 나오는 경우가 생겼을 때에, 이따위 콘크리트 건물로는 어림도 없다. 하지만 여기에서 대기 중인 사람들.

투모로우의 1팀이 나와 우연희가 회복될 때까지 시간을 벌어 줄 수는 있었을 것이다.

"축하드립니다."

콧수염이 말했다.

이름은 마르코.

1팀의 팀장으로 1팀 사람들 중 제일 먼저 E 등급에 진입했던 녀석이다.

"고맙군. 그동안 보고해야 할 사안이 있었나?"

"없었습니다."

"그래. 정리 시작해."

우연희가 기다리고 있었다.

그녀는 바깥의 신선한 공기를 한시라도 빨리 맡고 싶다는 표정이었다. 우리는 함께 문을 열고 나갔다.

그제야 우리 몸에 찌들어 있던 악취가 코를 찔러 왔다. 신선한 공기와 대비되었기 때문이었다.

우연희가 제자리에서 가볍게 뛰면서 악취를 털어 내기 시작할 때.

믹의 요원도 아는 체를 해 왔다.

돔 안에서는 투모로우 1팀이 대비하고, 바깥에서는 믹의 요원들이 인근을 통제한다.

요원은 뒤쪽으로 손짓했다. 나와 우연희에게 인사를 하고 지나쳐 가는 그들의 손에는 어김없이 철함이 들려 있다.

우리가 가지고 나온 전리품은 저기에 담겨 '고양이 사료 창고'로 옮겨진다.

[ 던전을 파괴 하였습니다. ]

[ 공적을 50 획득 하였습니다. ]

그들은 늘 해 온 일이라서, 지면의 진동에 놀라지 않았다. 묵묵히 투모로우 1팀과 합류한다.

"같이 돌아갈 거야?"

우연희가 물었다.

천만에.

이 흥분을 풀 수 있는 곳은 한 곳밖에 없다.

나는 그녀가 극도의 긴장이 꺼져 버렸을 때 찾아온 흥분을 어떻게 해소하는지가 궁금해졌다.

우연희를 처음 만났을 때, 그녀는 24세였다.

얼굴과 몸매는 당시와 다를 바 없는 지금이지만, 우리가 함께한 세월이 10년을 넘었다. 올해로 그녀는 삼십 대 중반이다.

한데 지금까지도 그녀는 연애 경험이 없었다.

그녀의 옛 동료 교사들이 자식 사진을 SNS에 올리기 바쁠 시간에도, 그녀는 의료 법인 업무와 던전 공략 두 가지만 병행해 왔다.

그녀도 성욕이 있는 사람이다.

성욕은 식욕, 수면욕과 같은 당연한 본능이다. 더욱이 각성자들은 항상 젊은 피가 끓는다. 사선을 넘고 돌아왔을 때에는 그것이 폭발해 버린다.

던전 공략 직후, 게이트 전투가 끝난 직후.

민간인들이 여자 남자 할 것 없이 각성자들에게 몸을 팔기 위해 몰려들었던 이유가 거기에 있었다.

"응?"

내 시선이 역시 이상한지, 우연희가 양 눈썹을 올려 보였다.

"돌아가면 연애도 하고 그래. 당분간은 공략도 없을 테니까."

"내 연애 사업에 관심 많네?"

"걱정돼서 그런다."

"우리 엄마처럼 구네. 뭐, 웃으면서 이야기하니까 좋다.

살아 돌아온 게 실감 나. 좋아."

우연희는 숲 공기를 깊이 들이마셨다.

그리고는 후우우우—

걱정은 되지만 뭐 어떤가. 알아서 푸는 방법이 있으니 지금까지 별문제 일으키지 않고 따라와 줄 수 있었던 것이겠지.

어쨌든 그녀의 미소가 참 보기 좋았다.

스스럼없이 그녀의 모(母)를 언급할 수 있을 정도로, 가족 관계가 원만해진 그녀였다.

그날 저녁 우리는 각자의 길로 떠났다.

우연희는 서울로.

그리고 나는 환락의 도시, 라스베가스로.

때는 08년의 4월이었다.

\*      \*      \*

박우철의 경력은 더 이상 화려할 수 없을 정도다.

10년 전 IMF 당시, 서울지검 특수부로 옮겨진 후부터 3, 2, 1과 부장으로 이어지는 코스를 밟았다.

이어 40대 중반의 나이에 대검찰청 중앙수사부 부장으로 발탁되며 전례 없던 파격적인 인사가 진행되었으나, 오히려 검찰계 내부에서는 느린 감이 없잖아 있다는 말들이 돌 정도였다.

그의 부친이 재통령, 전일 그룹의 박충식이기 때문이었다.

이날 회의 주제는 광우병 파동이었다.

미국에서 암소를 학대하는 동영상과 함께, 공기로도 광우병이 전염될 수 있다는 등의 내용들이 유포되면서부터 시작됐다.

각계각층으로부터 일어나고 있는 논란의 규모가 심상치 않았다.

대규모 촛불 집회가 1주 후 청계 광장에 신고되어 있기도 했다.

대검찰청 15층 대회의실에서 박우철을 필두로 검찰계 인사들이 쏟아져 나오기 시작했다.

박우철은 누가 보더라도 검찰계의 핵심 권력이었다. 검찰총장도 오히려 박우철의 걸음 속도에 맞추고 있었다.

박우철이 멈추자 무리도 멈췄다.

"김지애 말이야. 오늘 회의에 참석하라 했지 않나?"

"그렇습니다."

박우철의 측근은 재빨랐다. 그가 지애를 찾아 박우철에게 데려왔다.

작년 5월에 임관된 새내기 검사, 김지애.

사법 연수원 성적이 뛰어났지만, 괄목할 만한 정도가 아닌 수준에서는 인천이나 경기도 등지의 지검을 돌다가 서울 지검으로 들어오는 게 정석이다.

그것도 연줄이 있거나 업무 평가가 높았을 경우에 말이다.

그러나 지애는 서울 지검에서 스타트를 끊었다. 그러다 이번 회의 직전에 대검찰청으로 부름을 받았던 것이었다.

"안녕하십니까. 부장님. 공안 3과 김지애입니다."

박우철의 주변은 쟁쟁한 인사들로만 가득했다. 임관된지 채 1년도 되지 않은 지애로서는 긴장한 기색이 역력했다.

박우철은 주변 사람들을 물렸다. 둘은 나란히 걷기 시작했다.

"내가 직접 불러야 하나? 인사가 늦어."

박우철이 말했다.

지애의 두 눈이 빠르게 깜빡거렸다.

인사라면 공안 검사가 됐을 때.

그러니까 공안부로 들어왔을 때 박우철 중수부장께도 당연히 드렸다.

'공식적인 인사가 아닌 사적인 인사를 말하고 있는 것

같은데…….'

사실, 대검찰청에 들어온 새내기 검사 신분에 박우철 중수부장은 사적으로 인사를 드릴 수 있는 인물이 아니었다.

박우철은 대검찰청의 우두머리인 검찰총장조차 눈치를 보고 있는 인물이 아니던가.

지애는 찰나였지만 머릿속이 복잡해졌다.

작년 임관 당시.

지방 검찰청으로 가게 될 줄 알았으나, 서울 지검으로 배속됐고.

채 1년도 되지 않아서 모든 검사들의 꿈의 무대인 대검찰청으로 초대받았다.

더욱이 중수부와 함께 검찰 권력의 양대 산맥 중 하나라는 공안부로 말이다.

한데 이는 속칭, 진골 중의 진골들에게만 가능한 일이다.

지애는 지극히 평범한 집안과 동네에서 자랐다.

사법 시험에 합격했을 때 동네 입구에 현수막이 걸릴 정도로.

'설마? 아니야. 아니겠지.'

지애는 의심되는 바가 하나 있었다.

마음 한구석에서 찜찜하고 두려운 기분이 번지기 시작했다. 어쩌면 중수부장이 본인의 성(性)을 노리고 있을지도 모른다는 생각에서였다.

　최고 권력자가 사적인 자리를 요구하고 있다.

　'그럼 어쩌지?'

　어쨌든 그녀는 내색하지 않고 빠르게 대답했다.

　"조만간 자리를 마련하겠습니다."

　"지금 커피나 한잔하지."

　박우철이 커피 자판기 앞으로 걸어가며 말했다. 그래서
지애는 더 이해하기가 힘들었다.

　"제가 하겠습니다."

　지애는 황급히 자판기 커피 두 잔을 뽑았다. 그녀는 자판
기 앞 벤치에 앉아 있는 박우철에게 커피 한 잔을 건네고,
본인은 그 앞에 우두커니 섰다.

　"자네도 앉지그래."

　지애는 속으로 경악했다. 박우철 중수부장과 나란히 앉
으라니.

　박우철 중수부장이 옆자리로 고갯짓까지 하는 걸로 봐서
는 떠보는 게 아니었다.

　하지만 지애는 그의 옆자리에 앉지 못했다. 상관의 지시
가 있더라도, 사람들의 시선이 있을뿐더러 신분의 차이가
너무 컸다.

　"괜찮습니다."

"편할 대로. 공안 3과에서는 할 만한가?"

"아직은 적응하도록 노력 중입니다. 선배님들께 많이 배우고 있습니다."

"그래. 적응이 끝나는 대로 우리 부서의 1과로 옮겨 줄 테니 열심히 해 봐."

지애는 순간 놀랐다. 중수부 1과로 옮겨 준다는 파격적인 보직 이동도 그렇지만, 박우철 중수부장이 미소를 지어 보였기 때문이었다.

그때 박우철은 지애의 의문 가득한 얼굴을 빤히 쳐다보고 있었다.

지애는 속이 들킬 정도로 당황하는 중이었다.

"이 나라를 움직이는 자리지. 당연히 책임감은 무겁고."

박우철이 계속 말했다.

"우리 같은 사람들의 연대가 절실한 자리이기도 하지. 자네가 준비되었으면 좋겠군. 일은 배우면서 하면 되네. 중요한 건 마음가짐이야. 우리와 한뜻이 될 수 있는가, 그걸 묻고 있는 거네."

명백한 초대.

최고 권력의 중추로 유혹하는 손길이었다.

때문에 지애는 아찔했다.

어딘가 잘못되어도 크게 잘못되었다는 생각이 들었다.

어디서부터 시작된 오해인지 모르나, 그것부터 바로잡아야 겠다고 생각했다.

비록 지방으로 발령 날 수 있어도 그게 맞았다.

더 늦기 전에.

"부장님. 저는 36기 김지애고 인천 출신입니다. 제 부친 께서는⋯⋯."

박우철이 지애의 말을 잘랐다.

"자네 이모부, 전일 은행장님 말이야."

아!

지애의 어깨가 흠칫 떨렸다.

작년, 서울 지검으로 임관했을 때 가장 먼저 생각났던 건 물론 이모부였다.

딸이 없는 이모부는 자신을 예뻐해 주셨다. 어렸을 적에 는 명절 때가 되면 용돈을 듬뿍 주셨고, 커서는 대학 등록 금과 고시 학원비도 내주시는 등 물질적으로도 큰 도움을 주신 고마운 분이다.

그랬던 이모부셨기에 검찰청 내부에 청탁을 하셨을 거라 고도 생각했던 적이 있었다.

전일 그룹의 핵심 라인 중 한 분이신 이모부라면 검찰계 에도 선이 닿아 있을 테니까.

하지만 이모부께서는 그런 일이 없다 하셨으며, 대검찰

청으로 발령 났던 일도 조카를 위해 해 준 일이라기엔 무리
가 있었다.

어디까지나 이모부인 것이지, 자신의 아버지가 아니었
다.

"제…… 이모부 말씀이십니까?"

"그래. 은행장님 이름에 누가 되지 않게끔, 처신 잘 하게
나. 많은 사람들이 자네를 지켜보고 있어. 조만간 웃으면서
보자고."

"감사합니다."

지애는 일단 대답했다.

얼떨떨한 심경으로 사무실로 돌아오는데, 아무리 생각해
도 중수부장의 태도가 납득되지 않았다.

'이모부의 파워가 이 정도까지였나?'

중수부장이 직접 이모부의 조카라는 이유 하나만으로 자
신을 챙길 정도로?

중수부장부터가 재통령 박충식 이사의 직계가 아니던가.

지애는 핸드폰을 들었다.


〈 그 자리는 이모부가 청탁해도 되는 자리가 아니야. 우
리 검사님이 더 잘 알 텐데. 〉

〈 더 잘 알긴요. 저야 새내기인 걸요. 이모부 발끝에도

못 따라가요. 〉

　〈 그런데 중수부장이 정말 그렇게 말했어? 희한하네. 박
이사님께는 감사하다고 전해 드려야겠어. 이사님께서 언질
해 두신 바 같다. 〉

　〈 아무쪼록 감사드려요. 이모부 덕분에 과분한 보호를
받고 있어요. 〉

　〈 우리 검사님이 잘 커 줘서, 내가 고맙지. 건강하지? 〉

　〈 그럼요. 선후는 잘 있어요? 한국에도 한 번씩 들어오
고 그러나요? 〉

　〈 연락처 알려 줄까? 〉

　〈 바쁠 텐데, 괜찮아요. 나중에 한국 들어오면 그때 한
번 만나 보려고요. 많이 컸겠네요. 〉

　〈 고놈 성장이야 중학생 때 멈췄지. 한 방에 컸잖아. 어
쨌든 고맙다. 요즘에는 사촌도 형제지간이라는구나. 선후
한테도 지애 누나가 많이 궁금해한다고 전해 줄게. 〉

　〈 예. 그럼 건강히 계시고, 조만간 찾아뵐게요. 〉

　〈 우리 검사님도. 〉


　이모부는 또 모르는 이야기라고 했다. 그럼에도 중수부
장이 직접 챙길 정도로 자신은 진골 중의 진골, 전일 라인
으로 여겨지고 있었던 것이다.

이제 와서 보니, 검찰계 내부의 편애는 거기서 비롯된 거였다.

이모부의 파워는 자신이 알던 것보다 대단한 모양이었다.

"감사합니다. 이모부."

* * *

전일 그룹의 해외 법인.

제이미 코퍼레이션이 오래전에 골드슈타인 가문을 대체했다.

그 증거 중 하나로 본시 라스베가스에도 침투해 있던 유대계 자금 중 하나인 골드슈타인의 그룹 로고가 새로운 로고로 바뀌어 있었다.

카지노와 호텔 이름에는 변동이 없어서 그냥 지나치기 쉬우나, 셈이 밝은 자들은 그룹 문장이 바뀌었다는 것을 눈치챌 수 있을 것이다.

한데 그들이 눈치챌 수 있는 건 그뿐만이 아니다.

호텔과 카지노가 밀집한 라스베가스의 메인 스트리트를 걷다 보면, 거대한 지각 변동의 흔적을 찾아볼 수 있으리라.

머건 그룹의 휘하 중 하나였던 곳의 간판들도, 호텔왕이라 불렸던 가문의 전통적인 간판들도.

로고가 모두 교체되었다.

하지만 세간에서는 관심이 없다.

미 연합 정부나 촉각을 곤두세울 뿐이지, 관광객들은 요 몇 년 동안 라스베가스까지도 장악한 자본 따윈 조금도 관심이 없는 것이다.

그들이 관심 있는 건 오로지 세 가지다.

여자와 도박 그리고 쇼.

예컨대 내가 머물 호텔도, 건너편에서 분수 쇼로 관광객들을 끌어모으는 랜드마크 격 호텔도, 세계 최대의 카지노를 품고 있는 호텔도.

로고만 다를 뿐이지, 다 내 주머니 안에 들어와 있는 것들이다.

여기서 소비되고 있는 에너지, 공산품, 음식물 등도 그렇다.

우리 그룹이 최대 주주로 있는 기업들이 생산한 것들로, 따지고 보면 한 세력의 자본 아래에서 회전하고 있는 것이다.

그렇게 라스베가스는 나의 작은 제국들 중 하나다.

여기가 다른 곳들보다 흡족한 까닭은, 경기를 타지 않아

돈이 마르지 않기 때문이다.

번쩍번쩍!

휘황찬란한 네온사인들이 그네들의 주인이 입성한 걸 반기고 있었다.


라스베가스에서 덛전의 여독을 푼 지 3일째.

낮에는 내 자본이 들어가지 않은 카지노에서 놀고, 밤에는 콜걸들과 놀았다.

매년 한 번씩은 찾아와, 돈을 흥청망청 쓰는 듯 보이지만 그 이상의 돈들을 카지노에서 긁어모으는 아시안은 적당히 유명 인사였다.

그런 그가 갑자기 행동을 중단하자 호텔 총지배인이 직접 객실로 찾아왔다.

"죄송합니다, 에단. 손님이 계셨군요."

"무슨 일이시죠?"

"연락이 닿지 않아 염려가 되어 들렀습니다. 따로 필요한 게 있으시다면 언제든 말씀해 주십시오."

그때 지배인보다도 먼저 온, 내 손님이 모습을 드러냈다.

지배인은 내 손님을 당연히 알고 있었다.

근래 북미에서 가장 핫한 녀석이 바로 이 녀석이니까.

팝스타도 아니면서 그만큼이나 얼굴이 팔린 녀석이다.

심지어 녀석의 페이스노트(Facenote)는 기업 공개를 하지도 않았다.

그럼에도 녀석이 일으킨 신(新)문화.

소셜 네트워크 서비스는 녀석을 연예인처럼 만들어 버렸다. 주근깨 가득한 젊은 대학생이 억만장자의 대열에 합류해 버린 것도 한몫했다.

"만나 뵙게 돼서 반갑습니다. 에드워드 주커버그 씨."

지배인은 에드워드가 이 호텔을 이용하겠다면 여러 편의를 봐주겠다는 말과 함께 마지막 인사를 남기고 떠났다.

구골 같은 경우엔 창립자의 의욕을 고양시켜야 했기 때문에 기업 지분을 동등한 수준으로 소유할 수밖에 없었다.

하지만 녀석과 녀석의 공동 창립자에게는 그럴 필요가 없었다.

5년 전 겨울, 녀석들이 바라는 건 결국 돈이었고 나는 최고 수준의 지분을 바랐었다.

그날의 거래는 심플했다.

\*　　　\*　　　\*

올해를 손꼽아 기다려 왔던 것은 두 가지 이유에서였다.

첫째는 세계 경제 대공황!

닷컴 버블 이후 누적시켜 온 결과물들은 그 '서브프라임 모기지 사태'로 계산되어져 있다.

뜻하지 않게 유력 가문들이 과거보다 시장에 공격적으로 개입하고 있기 때문에, 폭탄이 터지는 시기가 조금 늦어지고 있긴 하지만 징조는 시작됐다.

20개 서브프라임 모기지론 채권을 나타내는 인덱스, ABX.

그 지수가 하락하고 있다.

던전에 들어가기 전 확인한 지수보다 눈에 띄는 하락폭을 보인다.

이 지수가 낮을수록 파산 위험이 높아졌음을 의미한다.

그럼에도 시장의 반응은 아직까지 무덤덤하다.

왜 그런 거 있지 않은가.

눈에는 보이지만 무시하고 싶은 것들.

가뜩이나 북미의 은행과 증권 회사들이 부동산 담보 대출과 그에 파생된 상품들을 통해 돈을 갈퀴째로 긁어모으고 있는 상황이다 보니, ABX 지수가 알려 대는 경고음 따위는 듣고도 모르는 체하는 것이다.

본인들이 키우고 있는 위험이 사실은 핵폭탄 수준이며 북미뿐만 아니라 세계 경제 전체를 송두리째 날려 버리게 될 거라는 날카로운 지적들도, 애송이들의 질투심 정도로 치부되는 것이다.

어쨌든 전 세계에 동시다발적으로 핵폭탄이 떨어지기까지는 얼마 남지 않았다.

반면에 나의 금력은 폭발적으로 커져 버리겠지.

지금보다 더욱 파괴적으로.


둘째로 데스트니 그룹!

본 시대에서 최초로 마석을 에너지화시키는 데 성공한 과학자들이 올해 모습을 드러낸다.

그들이 존재했기 때문에 몰락한 세계에서도 전기가 존재할 수 있었으며, 각성자들이 강화의 인장 외에도 장비를 업그레이드할 수 있었던 한편, 민간인 병사들 또한 생존 도시를 지키는 구성원으로 존재할 수 있었다.

민간인 병사들의 능력 자체는 각성자들의 것과 비교할게 아니었지만, 그들의 손에 마석이 들어간 무기가 들려졌을 때에는 달랐다.

무기의 질에 따라 최대 F급 각성자 한 명 역할 정도는 할수 있었던 것이다.


\* \* \*

페이스노트 녀석이 추가 투자에 관한 만족스러운 답을 듣고 떠난 후.

한 통의 전화가 나를 흥분에 휩싸이게 만들었다.

〈 데스트니 그룹의 논문이 등록됐습니다. 에단. 〉

그들은 마치 서브프라임 사태 직후, 비트코인을 개발했던 사토시 그룹처럼 활동했다. 그래서 본 시대에서도 그들의 신분은 비밀에 감춰져 있었다.

그들의 논문이 실릴 권위지의 지분을 진즉 사들였던 것의 효과를 볼 때였다.

〈 지금 보내는 주소지로 논문 대표자를 초청해 주시겠습니까. 〉

그룹 구성원 세 명 중에서도 리더 격인 자를 라스베가스로 초청했다. 동부에서 서부로 날아와야 할 그를 위한 일등석 비행기 표도 물론 함께.

다음날 정오.

로비에서 내선 전화가 걸려 왔다. 그가 도착한 것이었다.

내 객실로 올려 보내라 했다.

그는 오자마자 이러한 객실의 하룻밤 투숙 비용부터 물었다.

3만 달러쯤 한다고 답해 주자, 며칠이나 묵고 있냐며 또 질문을 하더니 본격적으로 객실을 탐험하기 시작한다.

잠시 후.

마치 부동산 중개업자처럼 만족할 만큼 객실을 둘러본 그는, 비로소 내가 눈에 들어오는 모양이었다.

나와 눈이 마주치자 살짝 얼굴을 굳히더니 그제야 내 앞으로 돌아왔다.

사실 데스트니 그룹은 마석을 에너지화하는 데 성공한 이후로도 별 볼 일 없었다.

그 이권을 소화해 낼 시장이 부족했을뿐더러, 그룹원 전원이 객사하지 않았더라도 팔악팔선이 가만히 내버려 둘리가 없었다.

별 볼 일 없긴 현 시절에서도 마찬가지다.

한 아이비리그 대학의 조교수가 실제 그의 직함이었다.

"제가 무례하다고 느끼시나요? 제가 받은 감상이 그랬습니다. 우리가 익명으로 활동하는 데에는 그만한 이유가 있습니다. 한데 우리들의 뜻도 묻지 않고, 그걸 먼저 깨트리시는군요. 초청에 응한 건, 그걸 말씀드리려고 그런 겁니다."

"이해합니다. 하지만 다른 방법이 없더군요. 앉으시죠."

내 앞자리를 가리키며 말했다.

"당신은 우리를 속속들이 아는데, 우리는 당신을 모릅니다. 뭐, 돈이 어마어마하게 많다는 것과 학계에 큰 영향력을 행사할 수 있다는 것 정도까지겠군요."

"에단입니다. 지금으로선 정확하게 밝힐 순 없습니다."

스티븐의 미간에 골이 파였다.

"거참. 당신은 되고 우리는 안 된다는 말씀이십니까? 이 대화 계속해야 합니까?"

데스트니 그룹이 익명으로 활동하는 이유는, 그들의 연구 과제가 학계에서는 이단으로 취급되기 때문이었다.

논문 권위지에서 그들의 유사 과학 논문을 실어 준 이유도, 이런 머저리들이 다 있다는 뜻으로 경각심을 심어 주기 위해서였다.

그들이 본인의 이름으로 논문을 발표했을 때와는 다른 의미로 말이다.

양지에서는 엘리트 교수 코스를 밟고 있는 자들이지만, 음지에서는 유사 과학을 연구하는 자들이다.

그것이 밝혀지면 직장과 명성을 잃고 우스갯거리로 추락하는 건 한순간이었다.

스티븐이 자리를 박차고 나갈 수 없던 이유이자 그의 얼굴이 내내 어두운 이유다.

"하면 나를 왜 부르셨습니까. 돈 자랑을 하려고 부르신 건 아니실 텐데요."

그는 아직도 자리에 앉지 않았다. 내버려 두고 몸을 돌렸다.

객실 금고에서 가죽 주머니 하나를 꺼내 왔다. 그것을 테이블에 올려놓자, 그의 시선도 자연히 따라왔다.

주머니 끈을 풀었을 때였다.

거기서 뻗쳐 나온 은은한 푸른빛이 그의 만면에 물들었다.

그의 푸른 눈동자가 더욱 짙은 푸른색으로 변하며, 내 손길을 따라 움직였다.

그의 시선은 가죽 주머니에서 꺼내진 마석에서 벗어나질 못했다.

지금 그의 얼굴은 던전을 처음 보는 사람의 것과 흡사하다.

"이것 때문입니다."

내가 말했다.

스티븐은 말이 없었다.

그는 마석에 강렬히 매료됐다. 눈을 깜빡이는 것조차 잊었다.

"지금까지 학계에 보고되지 않은 신물질이라 의심하고 있습니다. 자연적으로 발생된 암석이 아니라는 것까지는 확인했습니다. 만일, 완전한 신물질이라면 문제가 심각해지겠죠. 스티븐."

그의 이름을 힘줘서 부르자 비로소 시선이 내게로 돌아왔다.

"어디서…… 구하셨습니까?"

그 물음에는 대답하지 않았다. 스티븐은 침을 삼켜 넘겼다.

"만져 보셔도 좋습니다."

스티븐은 마석을 두 손으로 받쳐 들었다.

"해서 보안 수칙에 따라 주신다면 당신들의 기존 연구를 지원할 용의도 있고, 이 물질을 연구할 수 있는 기회도 드릴 생각입니다."

"보안 수칙이라면…… 어떤?"

"제공하는 연구소 안에서 내 사람들이 보안을 유지할 겁니다. 생각할 시간이 필요하실 겁니다. 돌아가서 동료들과 상의해 보십시오."

"……동료들을 여기로 부르면 안 되겠습니까? 간단한 장비와 함께."

*　　*　　*

간단하다고 했지만, 그들이 들여온 장비는 객실의 방 하나를 전부 차지했다.

호텔에서 VVIP 고객의 요청을 숙고 끝에 수용했기에 가능한 일이었다.

그리고 지금, 내 손에는 그들이 서명을 마친 서류가 들려 있었다.

「비밀 유지 계약서

　제1조. 본 계약은 갑·을이 상호 자신의 비밀 정보를 제공함에 있어 계약 당사자의 관련 비밀 정보를 보호하기 위함을 목적으로 한다.

　제2조. 본 계약상 비밀 정보란 갑·을 간의 업무 진행 과정에서 본 계약의 일방 당사자가 상대방에게 제공하거나……」

그들은 갑자기 조용해졌다.

데이터 결과물을 둘러싼 채로 우두커니 서 있더니, 여성 연구원의 탄성이 제일 먼저 터졌다.

"말도 안 돼!"

"뭐지! 뭐냐고, 이건!"

그들은 다시 분주해졌다. 결과를 믿을 수 없기 때문이었다.

하지만 다시 확인해 봐도 결과는 같을 수밖에 없었다. 스티븐이 내게로 돌아왔을 때에는 처음 나를 향해 있던 적개심이 모두 지워져 있었다.

경악을 금치 못한 눈동자가 흔들리고 있을 뿐이다.

"저, 저건…… 광, 광물이 아닙니다. 구태여 구분 지어야 한다면 생물에 가깝습니다. 아시고 있었습니까?"

"그렇습니까?"

모르는 체하며 대꾸했다.

"세기의 대발견이에요. 어, 어, 어디서 구하셨습니까?"

그때 소파 쪽을 턱짓해 보였다.

객실로 들어온 이후 한 번도 자리에 앉지 않았던 스티븐이었으나, 그때만큼은 재빠르게 앉아서 나를 기다렸다.

나는 그 앞에 마주 보고 앉으며 말했다.

"그건 말씀드리기 곤란하군요."

꿀꺽.

그의 목젖이 크게 움직였다.

"연구에 필요한 만큼 지속적으로 제공할 수는 있습니다. 업계 최고 대우는 물론, 성과에 따라 억만장자가 될 수 있는 길을 열어 드릴 수도 있습니다. 하지만 연구 실적에 관한 모든 권리는 제게 있는 겁니다. 동의하십니까?"

그는 고민도 하지 않았다. 그의 입술이 열리는 찰나, 몇 마디 덧붙였다.

"저는 개인입니다. 정부 측 사람이 아니죠. 정부에게 이 물질을 빼앗기거나 노출될 가능성을 완전히 차단하기 위해서, 그만한 수단을 동원해야 합니다. 바로 대답하지 마시고 숙고하세요."

"일상생활이 어려울 정도까지입니까?"

"아닙니다. 일상 중, 제 사람들이 당신들의 시선에 미치는 일은 없을 겁니다. 그것만큼은 약속드릴 수 있습니다."

"수락하면, 우리 가족들도 감시를 받겠군요."

"그 정도로 중요한 사안입니다. 누구보다 잘 이해하실 거라 생각합니다만?"

"우리가 수락하지 않는다면……."

"비밀 계약을 지키셔야만 할 겁니다. 그리고 나는 다른 연구진을 찾겠죠."

그때 장비가 들어 있는 방에서 소리가 또 터져 나왔다.


*"스티븐! 이 수치를 봐야 해! 너도 미쳐 버리고 말걸?"*

"이 물질을 세상에 공개해야 할 날이 오면, 당신들의 이름을 제일 위에 올려 드리죠. 제가 제안할 수 있는 건 여기까지입니다."

스티븐은 결심이 끝난 얼굴이었다. 그가 일어나며 말했다.

"좋습니다! 동료들도 저와 비슷한 뜻일 겁니다."

"그럼 저는 계약서를 준비해 놓고 있지요. 가 보세요. 환상을 누릴 시간입니다."

동료들에게 돌아가는 그의 발걸음은 거의 뛰다시피 했다.

이윽고 호텔에서 제공하는 법무팀이 객실로 들어왔다. 때는 계약을 결심한 데스트니 그룹원 전원이 흥분 가득한 얼굴로 내 앞에 앉아 있을 때였다.

호텔 측 법무팀은 데스트니 그룹원에게도 변호사를 부르라 조언했다.

내가 요구하는 그들의 감시 정도가, 인권 문제와 얽혀 아슬아슬한 선에 걸려 있기 때문이었다.

평소라면 그 해석을 두고 양측 법무팀 간에 첨예한 대립이 있기 마련이겠으나, 데스트니 그룹원들과는 이미 합의가 끝난 후였다.

그들도 파악이 끝났을 것이다.

내게 계약서는 단지 종이 쪼가리에 불과하다는 것을 말이다.

계약서에 서명하기 직전.

스티븐이 의아한 눈빛을 띠며 말했다.

"에단. 당신네 회사 이름이……."


[ 주식회사 데스트니 ]


계약서에는 주식회사 데스트니의 증명서가 첨부되어 있다.

스티븐이 놀란 점은 거기에 있었다.

내가 계약주로 내놓은 유령 회사의 이름이 그들의 그룹 명과 일치한다. 더욱이 그들을 염두에 두고 며칠 전에 설립한 회사가 아니라, 오래전인 97년도에 이미 설립된 회사였으니까.

나는 웃으면서 대답했다.

"이 이름 그대로, 우리가 운명이긴 한가 봅니다. 그렇지 않습니까?"

Chapter 2.

　기존의 억만장자들을 압도하는.

　그렇게 살아 있는 금융 제국이라는 수식어를 달고 다니는 자가 라스베가스에 출몰했으나 거리는 여느 날과 다를 바가 없었다.

　조나단은 관광객들과 뒤섞일 필요 없이, 개인 헬기로 들어왔기 때문이었다.

　호텔 측만 난리가 났다.

　조나단은 경호원들과 호텔 측 임원들을 이끌고 왕처럼 나타났다.

　호텔 총지배인이 필요할 때만 보였던 업무상의 미소도,

조나단을 향할 때는 극진한 존경이 실려 있었다.

서양이 동양에 비해 자유분방하다는 것은 가장 큰 오해 중의 하나다.

도의(道義)니 뭐니 따질 게 없는 여기에서는 수직 간의 위계질서가 확연하다. 허리를 굽신거리거나 고개를 숙이지 않을 뿐이지, 보라.

친절한 가면 속에 감춰져 있던 오만한 얼굴이 어떻게 변하고 있는지.

도시 경찰 없이 자치권이 형성되어 있는 라스베가스에서 각 호텔의 총지배인은 예컨대 우리나라의 유지 정도 되는 인사들이지만.

그런 총지배인이 조나단에게는 엉덩이에 코를 박을 기세였다.

하물며 총지배인은 조나단이 그의 최종 보스인 걸 모르는 상태에서도 그랬다. 조나단 투자 금융 그룹의 위기설이 대두되고 있는 상황에서도 그랬다.

박충식이 한국의 경제 대통령이라면, 조나단은 세계의 경제 대통령이다.

그런 조나단이 나를 찾아오자, 총지배인은 꽤 놀란 눈으로 나를 쳐다보았다. 혹여나 내게 실수한 것은 없는지 되새겨 보는 얼굴이었다.

문이 닫히고 조나단은 넥타이부터 풀었다.

"혼자만 재미 보니 좋아?"

"진짜 재미는 누가 보고 있는데."

내 대꾸에 조나단의 입꼬리가 씨익 올라갔다. 이번만큼
은 스트레스가 없는 얼굴이었다.

그가 기다렸다는 듯이 금일 자의 월스트리트 저널을 던
졌다.

큼지막한 헤드라인.


[ 프레이 알파 파산! 조나단 투자 금융 그룹의 견
고한 금융 제국이 무너지고 있다. ]


몇 페이지 전체가 모두 조나단 투자 금융 그룹의 위기설
에 대한 것들이다.

그것만 보고 있노라면, 조나단과 나는 내일 바로 몰락하
게 생겼다.

"망하고 싶어도 못 망한다. 멍청한 놈들."

우리는 그런 수준을 넘었다.


*　　　*　　　*

시작은 휘하 헤지 펀드 프레이(Pray)였다.

금융계에 명성이 있되 너무 큰 규모의 헤지 펀드는 아니어야 했다.

예컨대 LTCM처럼 전 세계를 대상으로 파생 상품 놀이를 하는 헤지 펀드로 작업을 쳐 놨다간, 서브프라임 사태가 터지기 이전에 더 큰 문제로 번질 가능성이 농후했다.

대상을 선정한 다음부턴 기존의 경영자들을 더 좋은 대우로 떠나보내고 포트폴리오를 개선했다.

우리 그룹 자체의 자본으로만 옭아매 둠으로써, 프레이가 파산해도 우리 그룹 자체의 문제로만 그치게 만들었다.

그렇게 헤지 펀드 프레이는 오 년에 걸쳐 점점 성장했다. 휘하로 새로운 헤지 펀드들을 설립하며 프레이를 그룹으로 변모시켰다.

그렇게 작년 말.

프레이 그룹이 완성되었을 때.

세계 금융계는 조나단 투자 금융 그룹에서 또 일을 냈다고 떠들어 댔었다. 하지만 누구도 생각조차 못 해 봤을 것이다. 프레이 그룹이 어떤 목적으로 탄생했는지.

프레이 그룹은 애초부터 파산시킬 목적으로 만들어진 거다!

큭큭.

조나단도 웃는다.

"옛날이 생각나는군. 러시아발 금융 대전 때 말이다. 그때 자그마치 10억 달러를 날려서 판돈을 키웠었지."

비슷하지만 달랐다.

무대를 만드는 면에선 같지만, 그 규모가 누구도 의심할 수 없을 정도로 장대하며, 판돈을 키울 용도가 아닌 빠져나갈 명분을 만드는 게 목적이니까.

내가 말했다.

"어쨌든 외부에서는 프레이 그룹이 우리 그룹의 한 팔 정도쯤으로 보이긴 하겠지."

"사실은 손톱 하나인데 말이지?"

우리는 동시에 웃으며 텔레비전 속으로 시선을 옮겼다.

전문가랍시고 나온 이들의 생생한 목소리들이 신문 속 활자보다 더 선명하게 시장의 반응을 알린다.

가뜩이나 전문가 중 한 명은 실버만 그룹의 애널리스트였다.

우리와 동등한 경쟁자라고 자처하고 있는 그들.

그래, 한때는 그렇긴 했다.

"프레이 그룹은 조나단 투자 금융 그룹의 핵심 중 하나입니다. 모조리 그룹 순 자본으로만 이루어져

있기 때문이죠. 말하자면 조나단과 존 도의 개인 창
고인 셈입니다."

"그 규모가 가히 대단하다고 알고 있습니다."

"그렇습니다. 50억 달러로 출발해 여러 차례 증자
를 거쳐, 모그룹의 순 자산이 집약되어 있지요. 추정
치만 칠백억 달러 이상입니다."

"한 개 그룹이 보유할 만한 규모는 아니지만, 납득
은 됩니다. 조나단 투자 금융 그룹의 순 자본력은 국
제통화기금(IMF)의 이상이라고들 하지 않습니까?"


"고작 IMF?"

조나단이 코웃음 쳤다.


"그렇다고는 하나, 프레이 그룹에서 시작된 위기
가 모그룹인 조나단 투자 금융 그룹 전체로 번진다
면 사정은 달라집니다. 지금이라도 프레이 그룹의
비공개 자료들이 공개되어져야 한다는 이유가 그 때
문입니다."

"오늘 담론은 일반 대중들도 이해할 수 있도록 진
행되어져야 하죠. 일반 대중들도 사태의 심각성을
알아야 할 필요가 있어요."

"그렇습니다. 이런 겁니다. 조나단 투자 금융 그룹은 세계 경제와 한 몸입니다. 그들이 위기에 처하면, 세계 경제는 심각한 타격을 받게 됩니다. 누구도 상상할 수 없을 정도의 심각한 타격일 겁니다."

"그건 잘 아네."
조나단은 또 이죽거렸다.

"예."
"그런데 조나단 투자 금융 그룹에는 프레이 그룹이라고 하는 핵심 사업이 있습니다. 두 그룹은 긴밀하게 연관이 되어 있습니다."
"프레이 그룹이 위기에 처하면 조나단 투자 금융 그룹이 위기에 처하게 되고, 조나단 투자 금융 그룹이 위기에 처하면 세계 경제가 위기에 처하게 된다. 쉽게 이야기하자면 그렇게 되는군요."
"프레이 그룹에 일반 대중들의 투자금이 들어가 있지 않더라도, 문제가 되는 점이 거기에 있습니다. 조나단 투자 금융 그룹은 프레이 사태를 해결할 책임이 있어요. 자신들의 자본일지라도요."

금융 시장의 생리로는 말도 안 되는 논지. 속칭 억지였
다.

"저 자식. 우리에게 된통 당한 녀석이겠지. 언제였을까?
아시아 외환위기? 러시아발 금융 대전? 닷컴 버블?"

"셋 다."

진행자가 살짝 당황한 모습을 보이는 건 당연했으나, 그
는 능숙하게 넘어갔다.


"프레이 사태에 집중해 봅시다. 오늘 프레이 그룹
내 헤지 펀드 하나의 파산 규모가 100억 달러입니다.
시장은 어떤 면에 주목해야 할까요?"

"단일 파산 규모로는 역대 최고입니다. 프레이 그
룹에는 여섯 개의 헤지 펀드가 있습니다. 프레이 알
파(Pray—alpha)부터 프레이 제타(Pray—zeta)까
지 있죠. 제가 아는 선에서만 말씀드리자면, 여섯 개
의 헤지 펀드는 유기적으로 얽혀 있는 구성입니다.
알파는 시작에 불과합니다."

"연쇄 파산이 일어날 거라는 말씀이신데, 오늘의
파산이 곧 프레이 그룹 전체의 파산이며 조나단 투
자 금융 그룹의 위기로군요."

"그렇습니다."

"상상이 가지 않는군요. 헤지 펀드 하나의 파산 규모가 100억 달러라면, 프레이 그룹 전체의 파산 규모는 어떻겠습니까."

"멍청이들아. 최소가 육백억 달러다."
조나단의 목소리가 텔레비전 소리를 꿰뚫었다.

"그 점을 조나단이 밝혀야 한다는 겁니다. 조나단 헌터가 이 방송을 보고 있다면 강력하게 말씀드리고 싶군요. 프레이 그룹의 내부 자료를 공개하는 등, 시장이 조치를 취할 수 있도록 전면 협조하십……."

그때 즈음 텔레비전을 껐다.
조나단이 말했다.
"지금 공개하면 꼭 저 멍청이 말에 따르는 것 같아 보이잖아."
"주가가 요동치고 있어. 미룰 수 없다."
공포가 더 확산되기 전에.
"할 수 없지."
조나단은 본사에서 기다리고 있는 김청수에게 연락했다.
일은 빠르게 일어났다.

조나단 투자 금융 그룹의 CFO(재무담당최고책임자).

김청수의 기자 회견이 긴급 속보로 다뤄졌다.

프레이 그룹에 들어간 그룹 순 자본은 1천억 달러며, 시장이 추정하는 대로 연쇄 파산을 끊어 내기는 힘들다. 하지만 모그룹의 재정적 타격에 국한될 뿐이라는 사실과 함께, 프레이 그룹을 회생시키기 위해 그룹의 총력을 기울일 거라는 사실 또한 명백히 짚어 나간다.

그리고 이튿날 프레이 베타(Pray-beta)의 파산이 터졌다.

150억 달러 규모의 파산이었다.

이틀에 걸쳐서 누적된 파산 규모만 250억 달러로, 누군가는 고소를 짓고 있을 게 빤히 보였다. 마음껏 웃으라지.


「프레이 사태. 파산 추정 규모 일천억 달러! 과연 조나단 사태로 번질까.」

「조나단 투자 금융 그룹의 총체적 위기!」

「조나단 투자 금융 그룹. 높게 비상한 매의 추락에는 끝이 없었다.」

「조나단 투자 금융 그룹의 SOB(Sun Of Bank)도 흔들리는가?」

오래 시간 공을 들여서 만든 무대였다.

모든 투자에서는 진입 타이밍도 중요하지만, 빠져나올 타이밍도 동등하게 중요한 법.

앞서 말했듯이, 폭탄이 터지는 시기가 늦춰지고 있었다.

원유 선물 시세는 과거의 전고점을 진즉 돌파했다.

닷컴 버블 당시 배럴당 15달러였던 것이 120달러를 돌파한 것이다.

선물뿐만 아니라, 유조선과 대형 저장고에도 원유를 저장하며 현물 투자를 병행해 왔기 때문에 예상 수익금이 실로 대단하다.

수익률 자체로만 놓고 보면 아시아 외환위기 당시의 수만 배 잭팟을 다신 깰 수 없을 테지만 중요한 건 원유 시장은 우리의 자본을 소화해 낼 수 있는 시장이라는 것이다.

연간 2조 달러의 규모.

그 광활한 시장을 세 그룹이 장악했었다.

조나단 투자 금융 그룹, 질리언 투자 금융 그룹 그리고 로트실트 가문.

그렇기 때문이었다.

원유 시장을 장악한 세 그룹 중 두 그룹이 일제히 빠져나가기 시작한다면, 지금까지의 상승분을 고스란히 내주게 될 일이다.

시장 참여자들은 머저리가 아니다. 그들도 석유 카르텔 그룹이 갑자기 청산을 시작한 이유를 계산하며, 거래를 받아 주지 않을 것이다.

그러면 올라왔던 만큼 폭락하며 예상 수익금은 현저히 줄어들게 된다.

빠져나올 때 명분이 필요한데, 프레이 사태가 바로 그것이었다.

드디어 우리는 원유 시장에서 철수한다.

서브프라임 모기지론 사태와 동반 폭락하는 원유 시장 따위, 여기서 안녕.

지금까지 고마웠고 나중에 다시 웃으면서 만나는 거다.

지금부터 우리가 매일 같이 해야 할 일은, 수백억 달러씩 누적되는 수익금을 확인하는 일일 것이다.

그럼 그 많은 폭탄을 누가 넘겨 받냐고?

우리의 위기를 즐기고 있는 어떤 머저리들이 넘겨받겠지.

개중에는 독물(毒物)로 가득 찬 모기지론 사업부까지 가져가는 녀석도 나올 것이다.

서브프라임 모기지 사태.

그 세계 경제 대공황이 오기 전에 한시라도 빨리 처분해야 할 것들을 이번에 날려 버린다. 그것들 모두 뽑아 먹을 만큼 뽑아 먹어서 미련 따윈 없다.

풍년 중에 풍년.

"정리 시작하자. 조나단."

조나단은 그 지시만 기다려 왔었다.

벌써부터 희열이 느껴지는지 그의 전신이 파르르 떨렸다.

세계 경제 대공황 직후부터, 전 세계에 폭탄 세일이 시작된다. 97년 우리나라에서 일어났던 일을 전 세계 어느 나라도 피할 수 없게 되는 것이다.

그러니 재미는 지금부터다.

지금까지 누적시킨 금력에, 원유 시장과 모기지론 시장에서 벌어들인 수익금이 더불어 쌓인다.

그것들이 어디로 향하겠는가.

*　　　*　　　*

실버만의 트레이딩 플로어(Trading Floor).

한 층에 천 명이 넘는 직원들이 존재한다. 그 모두가 트레이더는 아니지만, 직간접적으로 모두가 트레이딩에 참여하고 있는 사람들이다.

컴퓨터가 일렬로 나열해 있고, 각 테이블마다 최소 4개 이상의 24인치 모니터가 쌓여 있다. 어떤 트레이더는 10개 이상의 모니터를 쌓아 그것만으로도 칸막이를 형성하고 있었다.

월가의 트레이더는 항시 침착하고 고도의 계산을 수행해야 하는 전투병들이 맞다.

그러나 큰돈을 잃었을 때는 그들도 자신을 주체하지 못했다. 그때마다 누구는 소리를 지르며 자리를 박차고 일어서고, 누구는 굳은 얼굴을 한 손으로 쓸어내린다.

"젠장!"

층 전체의 분위기가 험상궂게 변해 버린 까닭은 프레이 그룹의 헤지 펀드 하나가 난데없이 파산해 버렸기 때문이었다.

사이드카가 발동한 순간, 대부분의 트레이더들이 양손으로 머리를 감쌌다. 멈춰 버린 프로그램 매매 창을 바라보는데, 육성으로 욕을 터트린 자도 있었다.

프레이 그룹의 위기설이야 진즉부터 돌고 있긴 했다. 그룹의 수익률이 조나단의 명성과는 달리 형편없으며 내부에서 불협화음이 뻗치고 있다는 소문들은, 어제오늘의 일이 아니다.

그래도 프레이 그룹은 명백히 조나단 투자 금융 그룹의 직계였다.

조나단 본인이 대표 이사를 겸직하고 있으며, 조나단 투자 금융 그룹의 많은 스타들이 포진해 있는 곳이다. 또한 모그룹의 순 자산으로만 이루어진 곳이었기에 조나단이 전력을 다할 수밖에 없는 곳이었다.

그런 프레이 그룹의 위기가 현실이 될 거라는 데 배팅한 사람은 몇 없었다.

"닐슨!"

동료가 칸막이 건너편에서 몸을 일으켰다.

닐슨이 고개를 들자 죽을 쑨 동료의 얼굴이 보였다.

"프레이 그룹 헤지 펀드들, 다 얽혀 있는 게 맞지?"

"맞아."

"맙소사. 100억 달러로 끝날 일이 아니란 말이잖아. 미쳤어!"

"미쳤지……."

둘뿐만이 아니었다. 모두는 01년의 8.11 테러 당시를 떠올렸다.

모그룹이 아닌 산하 그룹. 그것도 산하 그룹 속의 한 개 헤지 펀드가 파산한 것만으로 시장이 공포에 질린 것만 봐도…….

금융계에 미치는 조나단 투자 금융 그룹의 영향력이 실로 대단했다.

그 조나단 투자 금융 그룹이 연쇄적으로 파산하기 시작한다면!

이번에는 세계 무역 센터와 펜타곤이 아닌, 조나단 투자 금융 그룹의 시한폭탄들이 뉴욕 증권 거래소를 필두로 월가 전체를 터트릴 일이었다.

프레이 그룹의 자산이 모그룹의 자산과 연동되어 있다면 틀림없이 그랬다.

월가가 터지고.

그다음에는 세계 각국의 경제 시스템이 마비되어 버리는 것이다.

가뜩이나 조나단 투자 금융 그룹의 글로벌 사업들은 업계에서 쫓아갈 수 없을 정도로 압도적인 규모이지 않은가. 산하의 헤지 펀드 하나가 폭발해 버린 규모가 무려 100억 달러다.

그 날 점심까지, 세상이 곧 무너질 것 같은 공포가 전 세계 금융 시장에 팽배했다.

하지만 장 마감 직후에 조나단 투자 금융 그룹의 긴급 기자 회견이 있었다.


"……이상, 모그룹의 자산을 처분하여 프레이 사태를 조속히 해결할 것입니다."

"연쇄 파산 추정치가 무려 1000억 달러에 달한다고 발표하셨습니다. 유럽 연합 한 개 국가의 GDP와 동등한 규모인 것입니다. 모그룹의 조치만으로 해결될 수 있으리라 보십니까?"

"우리는 조나단 투자 금융 그룹입니다. 그리고 축하드립니다. 오늘 공격적으로 거래에 나서신 분들은 큰돈을 버시게 되었습니다."

더는 설명할 필요가 없다는 말이었다.

그날부터였다.

누구라도 그랬을 것이다.

1000억 달러 규모의 자산 처분이 어디에서 시작되는지 점칠 수만 있다면, 몇 년간 벌어들일 돈을 한순간에 벌 수 있는 절호의 기회였다.

닐슨도 이틀 내내 메신저로 업계 사람들과 연락해 정보를 취합하는 데 바빴다.

닐슨이 쓰고 있는 메신저도, 조나단 투자 금융 그룹이 최대 주주 자리를 차지한 기업 GOL의 주력 사업 중 하나였다.

닐슨이 키보드를 두드렸다.

—N: GOL을 처분하지 않을까. 페이스노트가 메신저로 사업을 확장한다는 말들이 있어.

—O: GOL의 시가 총액은 300억 달러, 조나단 그룹 지분율 57%. 171억 달러. 빅딜 없이 일반 시장 매도 시 130억 달러 확보 추정.

—A: 구골은?

—Z: 조나단의 구골 사랑을 몰라서 하는 소리지? 생각할수록, 그들이 주식 시장에서 자산을 처분할 것 같지는 않아. SOB(Sun of Bank) 쪽의 모기지론 사업부, 저번 달 매출 데이터 가지고 있는 사람 있어?

—O: 08년 3월, 대출 규모 3000억 달러.

—N: 고마워. 그런데 모기지론 사업부를 정리할 리는 더 없어. SOB의 투자 사업 중 모기지론 사업부의 비율이 굉장해. 모기지론 사업부를 정리한다는 건, 은행업계에서 철수하겠다는 소리나 마찬가지야. 꿀 빨고 있는데 왜?

—T: 친구들. 조나단이 원유 시장을 장악하고 있다는 거 잊었어?

—A: 장악하고 있기 때문에라도, 이탈되고 싶어 하지 않을걸? 기업 주식을 정리할 가능성이 높아. 그중에서도 인터넷 종합 쇼핑몰 쪽의 성장세가 요즘 주춤해.

나일(Nail) 말이지. 내가 조나단이라면······.


닐슨의 트레이딩은 주로 우량 기업들을 대상으로 이루어져 왔지만, 조나단 그룹의 자산 처분 발표 이후로는 모든 시장의 차트들을 모니터에 띄워 놓고 있었다.

그때 닐슨의 눈에 밟히는 게 있었다.

동시에 미리 설정해 둔 알람들이 띵! 띵! 거리면서 큰 소리로 울려 대기 시작했다.

원유 시장 쪽이었다. 대규모의 매도 주문들이 체결되기 시작했다.

"원유였잖아!"

닐슨이 놀란 목소리를 터트렸을 때. 자리를 박차고 일어나는 동료 트레이더들의 모습이 시선에 가득 차 들어왔다.

사령탑에서도 거물급 인사들이 뛰어 내려오기 시작했다.

층의 트레이더들이 그들을 향해 외쳐 댔다.

"물량이 너무 많습니다!"


＊　　　＊　　　＊


"거래를 받아 주기 시작했습니다."

"일단은 숨통만 트여 줍시다. 어지간히도 급한 모양인

것 같으니."

중년 사내의 손등에는 오래된 흉터가 큼지막하게 박혀 있었다.

미친개에게 물리면 재수가 없다 했던가?

아이작 로트실트.

그의 상황이 딱 그랬다. 03년도의 빌더버그 클럽 회의 중에 미친개에 한 손을 물린 이후부터 가문 사업이 신통치가 않았다.

그때부터 가문이 정체되었다는 말도 틀린 말이 아니었다.

한국인 나선후의 그룹이 항상 문제였다. 종종 세계 자본의 흐름이 빌더버그 클럽의 결의를 역행할 때면 어김없이 나선후의 그룹이 배후에 있었다.

이라크의 복구 사업과 유전 개발 사업에서도, 04년의 세계 원자재 파동 당시에도, IMF의 그리스 공작 기간에서도. 그리고 그 외 등등.

언제나 나선후의 그룹들이 사전에 매복해서 진을 치고 있었다.

가장 뼈아픈 손실은 단연, 북미의 부동산 호황기를 나선후의 그룹 중 하나인 조나단 투자 금융 그룹이 주도한 데에서 왔다.

본시 아이작에게도 계획이 있었다.

그러나 그때에도 조나단 투자 금융 그룹이 한발 먼저 모기지론 시장에 공격적으로 진입하면서, 후발 주자가 되고 말았다.

매일 같이 조나단 투자 금융 그룹이 벌어들이는 천문학적인 숫자들만 보고받아 왔는데, 계획대로라면 그 안의 숫자는 자신의 것이어야 했다.

하지만 기회가 왔다.

'프레이 사태라니, 나선후도 사람이긴 한가 보군. 좋아.'

아이작은 손등에 난 징크스에서 벗어날 때란 걸 직감했다.

그는 그 손으로 핸드폰을 움켜쥐었다. 조나단이나 나선후와는 한 번도 통화를 해 본 적이 없었지만, 주저할 이유가 없었다.

그들은 위기에 처했고, 위기에 처한 그들을 구할 수 있는 건 자신밖에 없으니까.

어떤 무리한 요구도 들어줄 수밖에 없는 것이다.


〈 처음 뵙겠습니다. 나는 아이작 로트실트라는 사람입니다. 〉

〈 조나단 헌터입니다. 처음인데 처음 같지가 않군요. 〉

〈 우리는 진즉부터 교류했어야 했습니다. 늦었다고 생각
맙시다. 마침 시기가 적절하지 않습니까. 두 그룹이 돈독해
질 수 있는 기회입니다. 〉

〈 ……. 〉


지금껏 알면서도 나선후 그룹의 성장세를 저지할 수 없
었다. 그들의 자본이 세계 경제 전체에 스며들어 있는 까닭
에 승패와는 관계없이, 그들의 성장세를 내버려 둬야만 했
었다.

빌더버그 클럽의 결의도 그러했다. 손봐 주기에는 너무
커 버린 자들이었으니까.

심지어 빌더버그 클럽 내부에도 그들의 직접적인 영향력
이 미치고 있는 실정이다.

그 때문이었다. 아이작은 조나단의 침묵이 몹시 반가웠
다.

탐욕으로 자신을 망가트리고 있는 자들에게 친절한 가르
침을 내려 줄 기회였다.

'원유 시장이 아니라 소유 지분들을 정리했어야지. 하
하.'

〈 원유 시장의 대규모 매도 주문을 소화해 주고 있는 건, 우리입니다. 한데 질리언 쪽에서도 정리하기 시작했더군요. 그 물량을 전부 받아 주기에는 우리라도 어렵다는 말씀을 드리려, 연락드렸습니다. 〉

〈 그런 부탁은 한 적이 없을뿐더러 시장이 판단할 일입니다. 로트실트가 아니더라도 많은 참여자들이 우리 거래를 받아 주고 있습니다. 〉


아이작은 속으로만이 아니라 바깥으로도 코웃음을 쳤다. 조나단이 개의치 않는다는 듯이 말하고 있지만, 그의 심정이 어떤지 왜 모를까.

모르긴 몰라도 당장 핸드폰을 내던져 버리고 싶을 것이다.


〈 어느 세월에 말입니까. 인정하기 힘드시겠지만, 우리의 협조 없이는 목표치만큼의 거래가 체결되지 않을 겁니다. 〉

〈 솔직히 말씀드리겠습니다. 첫 대화치고, 너무하신 거 아닙니까? 고작 이런 조롱이나 듣겠다고 핸드폰을 붙잡고 있는 게 아닙니다. 본론만 말씀하시죠. 〉

〈 그러죠. 석유 시장을 원주인에게 되돌려 주셔야겠습니

다, 조나단.〉

〈…….〉


또 침묵이었다. 그럴수록 아이작의 입꼬리에 걸린 미소
는 더욱 짙어져 갔다.


〈현물, 선물 모든 거래에 있어서 완전히 철수하셨으면
합니다. 1000억 달러 선에서 종결지을 심산이라면…… 우
리도 생각해 둔 바가 있습니다.〉

〈아이작! 너무하신 거 아닙니까. 사기꾼도 그런 소리는
못 합니다.〉

〈진정하십시오. 그리고 이건 조나단 투자 금융 그룹에
만 해당하는 게 아닙니다.〉

〈그건 또 무슨 말입니까.〉

〈죄송합니다. 조나단에게는 권한이 없겠군요. 하면 조
나단의 보스에게도 전해 주십시오. 질리언 투자 금융 그룹
도 함께 철수시키지 않는다면, 프레이 사태는 프레이에서
만 끝나지 않을 거라고 말입니다.〉

〈크으윽. 누구도 우리가 이런 대화를 나누고 있다고 믿
지 못할 겁니다. 지금 협박하는 겁니까?〉

조나단의 말마따나 저열한 대화였다.

아이작은 마치 십 대 이전으로 돌아간 기분이었다. 경제 용어로 뻔한 내용을 포장할 이유도 없었다.

십 대의 어린 시절에 한 소녀를 두고 동급생과 다퉜을 때처럼, 욕을 내뱉어도 조나단이 전화를 끊는 일은 없을 것이다.

그동안 나선후의 그룹들에 발목 잡혔던 것들을 생각하면 그보다 더한 것들도 할 수 있었다.

그때였다.

아이작의 핸드폰 너머로 새로운 목소리가 뻗쳐 나왔다.


〈 완전 철수는 없습니다. 〉

〈 당신은? 〉

〈 대부분은 나를 존 도라고 부릅니다만, 당신은 내 이름을 알잖습니까. 〉

〈 나이와 상관없이, 당신에게는 존경심을 표하고 싶군요. 나선후. 〉

〈 집어치우십시오. 나를 조롱하는 웃음소리가 여기까지 다 들립니다. 이 자리에서 단호히 말하건대, 로트실트 가문이 석유 시장을 독차지하는 일은 일어나지 않을 겁니다. 〉

〈 조나단 투자 금융 그룹이 무너지면 전 세계는 최악의

결말로 치닫게 된다, 그걸 말하려는 겁니까? 〉

　〈 미 정부도 그렇고, IMF에서도 예외적으로 우리 그룹을 지원할 수밖에 없을 겁니다. 로트실트 가문의 자본 없이도, 우리는 끄떡없습니다. 〉

　〈 패배를 모르고 살아왔기 때문일까요? 패배에 수긍하는 방법을 배우지 못했군요. 제안은 없던 것으로 하겠습니다. 그럼. 〉


　아이작은 정말로 연락을 끊을 생각이었다. 그래도 됐다. 얼마든지.


　〈 잠, 잠깐! 〉

　〈 말씀하시죠. 〉

　〈 꼭 석유 시장을 가져가야겠습니까? 다른 기업의 지분들을 담보로……. 〉


　그때 아이작이 선후의 말을 가로챘다. 그가 웃으며 핸드폰에 대고 뇌까렸다.


　〈 조나단 투자 금융 그룹의 모기지론 사업부. 그것도 가져가야겠습니다. 〉

\*　　\*　　\*

**조나단 투자 금융 그룹, 이번에는 모기지 대출 사업 접었다.**

「 조나단 "프레이 사태를 조속히 해결하겠다는 약속 지켰다. 참담하지만 불가피한 결정." 」

프레이 사태를 해소하기 위해, 조나단 투자 금융 그룹이 원유 시장에서 철수하기 시작한 데에 이어 핵심 자산들을 공격적으로 매각하고 있다.

조나단 투자 금융 그룹의 SOB(Son of Bank)는 로트실트 그룹의 투자 은행인 로트실트 체인 사에, 운용액 2조 7천억 달러에 달하는 모기지론 사업부 전체를 300억 달러에 매각하였다.

◇ 모기지론 사업부를 매각했어야만 했는가? 의 문점 하나.

현재 현물과 선물의 석유 시장 전반에 걸쳐 일어

나고 있는 대규모 매도 현상들을 비추어 봤을 때, 석유 카르텔 그룹 중의 한 그룹이 조나단 투자 금융 그룹이라는 소문은 사실이었음이 드러났다.

그렇다면 조나단 투자 금융 그룹은 석유 시장을 청산하고 얻은 수익금 중 일부만으로도 프레이 사태를 해결할 수 있었을 것이다.


◇ 모기지론 사업부를 매각했어야만 했는가? 의문점 들.


조나단 투자 금융 그룹의 시장 장악 상황은 믿기 힘들 정도라는 말로도 부족하다.

닷컴 버블 이후부터 IT, 통신, 식품, 에너지 등 전 분야에 걸쳐 그룹의 수익금을 재투자하였을 뿐만 아니라, 구골과 페이스노트 그리고 나일 등의 유망 기업들이 빛을 보지 못하던 벤처 시절에 진입하여, 경영권 이상의 지배 지분을 확보하고 있는 실정이다.

예컨대 시가 총액 3500억 달러인 구골의 50% 지분을 확보하고 있는 조나단 투자 금융 그룹으로선, 구골에서 철수하는 것만으로도 프레이 사태를 진정시킬 수 있었던 것이다.

이는 조나단 투자 금융 그룹이 보유하고 있는 나노 소프트, 베리 등의 수십 개 기업 지분들에도 해당하는 이야기다.

◇ 모기지론 사업부를 매각했어야만 했는가? 의문점 셋.

프레이 사태가 조나단 투자 금융 그룹 전체의 위험으로 확산된다면, 그 위기가 미 전역 및 세계 곳곳으로 퍼져 나갈 것이라는 데에는 누구도 이견이 없을 것이다.

TOO BIG TO FAIL.

대형 금융 회사는 망하지 않는다.

그간 당국은 자산 규모가 큰 회사가 파산할 경우, 경제에 큰 충격을 줄 것을 염려해 납세자들의 돈을 투자해서 이를 회생시켜야만 했었다.

조나단 투자 금융 그룹이 호언장담에도 불구하고 프레이 사태를 진정시키지 못했다면, 조나단 투자 금융 그룹으로선 도덕적 해이일지언정 당국의 수혈을 기대할 수도 있었을 것이다.

◇ 모기지론 사업부를 매각했어야만 했는가? 의문점 넷.

조나단 투자 금융 그룹의 SOB(Sun of Bank)는 부동산 호황기를 이끈 부동산 담보 대출 시장의 35%를 점유, 특히 서브프라임 모기지 시장에서는 80%를 점유하며 명실상부 서브프라임 모기지 시장과 연관된 파생 상품 시장의 제왕이었다.

2003년 2,560억 달러, 2004년 2,720억 달러, 2005년 3,200억 달러, 2006년 4,000억 달러, 2007년 5,120억 달러.

서브프라임 모기지 시장에서만 총합 1조 7천 600억 달러의 대출 상품 및 연관된 파생 상품을 판매하며, 03년부터 벌어들인 누적 수익금과 수수료는 무려 1조 달러에 육박한다고 추산되어진다.

천문학적인 수익금을 내고 있는 모기지론 사업부를 담보로 하였다면, 프레이 사태를 해결할 자금을 마련하는 건 그리 어려운 일이 아니었을 것이다.

◇ 위기를 곧 기회로.

조나단 투자 금융 그룹이 원유 시장과 서브프라임 모기지론 시장에서 전면 철수한 바는, 프레이 사태를 해결하기 위해서라는 이유 하나만으로는 설명될 수 없다.

따라서 이는 운영을 간소화함으로써 비용을 줄이고 자본 수익률을 높이기 위한 방편으로 보인다.

프레이 사태를 진정시킨 이후, 천문학적인 수익금을 환수한 조나단 투자 금융 그룹이 어떤 행보를 보일지 귀추가 주목되는 건 당연한 일일 것이다.

Nothing Venture Nothing Have !

\*       \*       \*

" 'Nothing Venture Nothing Have'라, 하하. 하하하하!"

아이작은 금일 자 월스트리트 저널을 접으며 웃음을 터트렸다.

나선후가 왜 기존 지분들을 매각하지 않았냐고? 탐욕 때문이다.

왜 당국의 수혈을 기대하지 않았냐고? 위기가 정말로 고조되지 않는 이상, 아시안 녀석이 지배하고 있는 기업을 미 당국이 도와줄 리가 없다.

소인국의 사람들은 거인국에서 돌아가는 일을 결코 알 수 없는 것이다.

아이작은 하루하루가 즐거웠다. 쟁쟁한 혈족들을 이기고 로트실트 가문의 당대 가주가 되었던 날에나 누렸던 기쁨이었다.

5월 15일.

이번 연도 빌더버그 클럽 회의는 북미의 워싱턴 D.C.에서 있었다.

웨스트필즈 메리어트 호텔.

교외 한적한 곳에 위치한 그곳은 이미 회원들을 맞이할 준비가 끝나 있었다.

CIA 요원들의 통상적인 차량 점검이 끝난 후, 아이작을 태운 차량이 호텔 입구에서 멈춰 섰다. 따사로운 햇살이 아이작의 멋진 미소를 드러냈다.

아이작은 이번에 머물게 될 객실을 안내받은 다음 정원으로 나왔다.

하루 일찍 도착한 회원들이 교분을 쌓고 있는 장소다.

회원들 간의 유대가 깨진 건 03년부터이긴 했다. 그때도 북미 회원 대 영, 유럽 회원들로 나눠진 각 대륙 간의 보이지 않는 벽이 존재하긴 했었지만.

몇 년의 세월이 흐른 지금은 보다 복잡한 양상을 띠고 있었다.

빌더버그 클럽 안에 새로운 세력이 만들어졌다. 그리고 그들의 발언력은 상당했다.


*카르얀 가문의 조슈아 폰 카르얀.*

*골드슈타인 가문의 콜튼 스펜서 골드슈타인.*

*질리언 투자 금융 그룹과 텔레스타 인베스트먼트의 질리언 부부.*

*골드 앤 실버 인베스트먼트의 다니엘.*

*제이미 코퍼레이션의 제이미.*


아이작은 그들 여섯 명이 둘러앉은 티 테이블 쪽을 바라보았다.

'나선후 그룹이군.'

이번 프레이 사태로 질리언도 석유 카르텔 그룹에서 아웃됐다. 해서 질리언의 패색 짙은 표정이나 볼까 했던 아이작이었으나, 정작 눈에 들어온 건 조슈아였다.

'저 녀석은 볼 때마다 눈빛이 강렬해지는군. 젊음이 좋긴 해.'

하지만 부럽지는 않았다.

세상은 지금 본가인 로트실트 가문을 중심으로 돌아가고 있는 중이다.

비로소 나선후 그룹으로 인해 희석됐던 가문의 영광을 제자리로 돌려놓는 데 성공했다.

아이작에게 먼저 인사를 건네 오는 회원들이 다양했다.

아이작은 한 회원의 초청에 응해 그쪽 테이블에 합류했다. 아이작이 앉자, 회원들의 축하 세례가 시작됐다.

"축하드립니다. 로트실트 가문의 좋은 소식, 매번 접하고 있었습니다."

"과연 준비되어 있는 분께 성배가 가는군요. 그렇게 되리라 예상하고 있었습니다."

그때 한 사내가 말했다.

"하면 조나단을 초청한 건을 물려야 하는 게 아닐까요?"

아이작이 웃으며 고개를 가로저었다.

"조나단 투자 금융 그룹이 석유 시장과 모기지론 시장을 잃었어도, 이 자리에 계신 몇 분 기업의 최대 주주이기도 할뿐더러 자금력과……."

그러면서 아이작은 나선후 그룹들이 앉아 있는 테이블을 눈짓해 보였다.

그러자 사람들이 고개를 끄덕이며 이해했다는 듯한 표정을 지었다.

나선후 그룹 사람들에게 보여서는 안 될 표정들이었으나, 나선후 그룹 사람들은 이쪽을 눈여겨볼 수 없을 만큼 심각한 대화 중이었다.

"들으셨습니까? 아이작. 조나단이 올해 초청에 응했다고 합니다."

아이작은 담담한 반응을 보였다. 하지만 속으로는 쾌재를 질렀다.

조나단이 지을 울상을 한시라도 빨리 보고 싶은 까닭에서도 그렇지만, 클럽의 힘이 본가로 쏠려 있는 시점에 합류한다는 것은 조나단도 비로소 질서에 순응하겠다는 뜻을 비친 것이나 마찬가지였다.

"나선후는 어쩐답니까?"

나선후와 그와 연관된 자금들을 계속 배척하는 것은 힘들어졌다.

05년 결의에서 그들을 편입시키기로 결정했다. 06년에 제시카와 제이미를 초청했고, 07년에 다니엘을 초청했다.

"글쎄요. 회답이 없는 걸로 봐서는 이번 연도에도 불응하겠다는 것이 아닐까요?"

"다들 아실 겁니다. 저 무리를 움직이는 건, 나선후입니다. 끌어다 앉혀서라도 데려다 놔야 합니다. 그리고 올해는 질리언 투자 금융 그룹, 텔레스타 인베스트먼트, 골드 앤 실버 인베스트먼트의 자금 출처를 분명히 해야 할 겁니다. 단지 나선후에게 협조적인 자금이 아니라, 만일에 하나 나선후가 직접 개입된 자금이라면……."

아이작의 말꼬리가 흐려졌다. 회원들의 표정이 시선에 들어왔기 때문이었다.

모두 다 터무니없는 가정이라 생각하고 있었고, 그건 직접 말을 꺼낸 아이작도 마찬가지이긴 했다. 아무리 나선후라도 월가에 더불어 시티까지 침투해 있을 수는 없었다.

그게 그들이 잠정적으로 내린 결론이었다. 나선후에게 협조하고 있는 자금들, 그것을 움직이는 또 다른 배후 세력이 존재한다!

"로트실트에서는 나선후에게 압력을 가할 수단이 더 남아 있습니까?"

"있다면, 진즉 그자를 저기에 데려다 놓았을 테지요."

"꺼림칙한 자로군요."

"여러분들의 협조가 필요한 사안입니다. 이번 회의에서는 제 뜻에 따라 주시리라 믿어도 되겠습니까."

"어디 선까지 진행하시려 합니까?"

"나선후부터 끄집어낼 생각입니다. 그런 후에야 나선후에게 협조하고 있는 자금들의 출처를 밝혀낼 수 있겠지요."

"끄집어내신다는 말은?"

"세계 사회에 나선후를 공개하여 공론화시키고자 합니다."

"저항이 만만치 않을 텐데요."

회원들의 시선은 자연스럽게 나선후 그룹 쪽으로 향했다.

"우리 초청을 계속 거부하고 있는 건 그 아시안입니다. 사실 늦어도 너무 늦었지요. 수년 전 백악관에서 그러한 시도를 했을 때, 우리가 전폭으로 지원했어야 했습니다. 올해를 놓치면 내년에 또, 그 다음 해에도 또 똑같은 후회를 반복할 일이지 않습니까."

아이작의 강력한 주장에도 불구하고, 회원들의 반응이 신통치 않았다.

아이작은 이해한다는 듯이 말했다.

"우리 로트실트가 보증하지요. 나선후는 이 화두를 화폐전쟁으로 끌어갈 수 없을 겁니다. 여러분들이 협조 약속을 깨지만 않으신다면, 나선후는 우리 초청에 응하든지 장막 뒤에서 끄집어내지든지. 다른 방도가 없을 겁니다."

"그렇게까지 말씀하신다면 로트실트를 믿어 보는 수밖에요."

"동감입니다."

"찬성입니다."

"그럼 다른 회원들에게도 제 뜻을 전해 주실 거라 믿고……."

문득 아이작이 말을 끊으며 고개를 뒤로 돌렸다.

회원들의 시선이 제 어깨 너머로 향해 있기 때문이었다.

거기에는 막 차량에서 내리는 조나단이 있었다. 조나단을 빌더버그 클럽에 데려다 놓기까지 우여곡절이 많았다.

그의 명성과 그의 자본력 그리고 로트실트 가문과의 빅딜 때문에라도.

정원에 나와 있던 모든 회원들의 시선이 조나단에게 쏠려 있었다. 언젠가 발간했던 그의 자서전처럼, 조나단은 미소를 지으면서 나타났다.

'웃어?'

아이작도 실소를 머금으며 몸을 일으켰다.

*　　　*　　　*

아이작은 조나단이 피눈물을 미소로 감추고 있다고 생각했다.

회선과 서류상으로 여러 번 만남을 가졌긴 하지만, 실제 대면은 이번이 처음이었다. 아이작이 먼저 악수를 청했다.

"언제 오시나 기다리고 있었습니다."

"저 역시, 직접 감사의 인사를 꼭 드리고 싶었습니다. 덕분에 석유 시장에서 손 털고 나올 수 있었습니다."

"그렇게 생각해 주시니 제가 더 감사하군요."

"진심입니다. 그 자본을 마련하시느라, 애 좀 쓰셨을 텐데요. 과연 세간의 사람들이 로트실트, 로트실트 하던 진면목을 확인할 수 있는 기회였습니다. 거래가 전부 체결되기 전까지는, 아무리 로트실트라도 그만한 현금 동원력이 있을 거라 믿기 힘들었던 게 사실이니까요. 대단하십니다."

조나단의 말마따나, 쏟아지는 거래를 받아 주기 위해서 가문 자산을 담보로 세계의 온갖 은행들로부터 돈을 끌어와야 했다.

하지만 그럴 만한 가치가 있는 일이었다.

석유 시장의 완전한 통제권은 그렇게 역사상 유례가 없이, 한 가문의 손아귀로 들어왔다.

이제는 산유국들조차 본가의 눈치를 살필 시대였다.

OPEC(석유 수출국 기구)에서 원유 생산량을 조율할 때에도, 본가에게 먼저 의향을 묻고 허락을 받아야 할 정도로!

아이작은 웃음을 참기 힘들었다. 태연한 듯 떠벌이고 있는 조나단의 모습은 지금껏 봐 온 어떤 광대보다도 우스웠다.

"괜찮으십니까?"

"푸흐흐흡…… 괜, 괜찮습니다. 그, 그럼 다시 뵙겠습니다."

아이작이 황급히 떠나 버렸기 때문이었다.

그는 본인보다 더 격렬하게 떨고 있는 조나단의 모습을 보지 못했다.

　　　　\*　　\*　　\*

북미의 일반 개인 신용 등급은 다음과 같이 세 가지로 나뉜다.

1등급. 프라임(Prime).
2등급. 알트에이(alt-A).
3등급. 서브프라임(Sub-prime).

세계 경제 대공황.

흔히 서브프라임 모기지론 사태라고 부르는 '서브프라임'은 거기서 유래되었다.

프라임 등급은 재산도 있고 안정적인 직장을 가진 자들이지만, 서브프라임 등급은 가진 것이라곤 쥐뿔도 없는 자들이다.

그런 자들에게 묻지도 따지지도 않고 부동산 대출, 즉 모기지론을 남발한 이유는 별게 아니다.

언젠가 말했었지, 모든 일들은 원인과 결과들이 얽혀서 일어나는 거라고.

시간을 역행했을 때로 돌아가 보자.

아니, 튜토리얼이라 정의됐던 시간대 다음인 아시아 외환위기 당시로.


세계의 투자 은행들과 투기 세력들이 우리나라를 공격하기 위해 아시아에 외환위기를 일으켰다. 그런데 그 공포는 서울에서 멈춘 게 아니라 뜻하지 않게 러시아와 남미를 때렸다.

미 정부는 곤란해졌다.

아시아발 경제 위기가 자신들에게 돌아오고 있었으니까.

그래서 금리를 한 단계 낮추면서 이를 방어한다. 금리를 낮추는 건 경기 부양책으로 먹혀드는 카드다.

금리를 낮추자 투자자들에게는 은행과 채권에 더 이상 투자할 이유가 사라졌다.

투자자들의 돈은 새천년의 장밋빛 희망과 맞물려서 닷컴 붐을 일으켰다.

버블은 언젠가는 터져 버리기 마련이다. 닷컴 붐이 터져 버리며 또 경제가 위태로울 것 같자, 미 정부는 금리를 한 단계 더 낮췄다.

그러던 중에 테러리스트들이 미 본토를 공격하였고, 미 정부는 금리를 또 한 단계 더 낮추는 것으로 경기를 부양시키고자 한다.

그런데 금리를 낮추는 게 만병통치약은 아니다. 금리가 저 밑바닥까지 떨어져 버렸다는 것은 은행에서 돈을 빌리는 데 부담이 없다는 뜻이다.

누구라도 돈을 빌린다.

기업가라면 기업을 위해서 쓰겠지만 일반 대중들 같은 경우에는 뻔하지 않은가.

은행에서 돈을 빌려 그동안 봐 뒀던 집들을 구매하기 시작한다. 너도 나도 집을 사기 시작하니, 집값은 하루가 다르게 뛰어오른다. 집 살 마음이 없던 사람들도 집을 사야만 하는 시절이 도래한 것이다.

북미의 부동산 거품은 그렇게 일어났다.

한데 문제는 이 거품에 편승하는 세력들이 일반 대중에서 그친 게 아니라는 것이다. 어김없이 월가의 탐욕이 스며들어 가기 시작한다.

은행의 대표적인 수입원은 이자다.

돈을 빌려주고 이자를 받는다.

그런 은행들이 돈을 빌려주지 말아야 할 사람들에게도 돈을 빌려주기 시작했다. 가진 건 쥐뿔도 없는, 서브프라임 등급의 사람들에게까지 말이다. 그럴 수 있었던 이유는 집 값이 내년에도 또 뛸 것이기 때문이다. 대출자의 집을 담보로 잡으면 그만이었다.

대출을 많이 해 줄수록 그게 전부 이자 수익이었으니, 집 값의 100%를 빌려줘 버린다.

알겠는가.

이 시절의 북미에서는 얼마짜리 집을 사든, 내 돈 하나 들이는 것 없이 집을 구입할 수 있었다.

여기에 다시 일반 대중들의 탐욕까지 얽혀 버린다. 혹시나 싶어서 돌아가신 부모님의 이름으로 대출 심사를 받았는데 이게 웬걸?

은행에서는 아주 밝은 미소와 함께 그냥 돈을 빌려줘 버린 것이다.

여기까지가 1단계.

은행 창고는 무한의 주머니가 아니다. 모두가 돈을 빌려 대는데 돈이 남아 있을 리가 있나. 어떻게든 현금을 확보할 방법을 찾아내야지.

그래서 은행들은 담보로 잡은 집들을, 또 담보로 한 상품들을 만들어 투자자들에게 판매한다. 현금이 확보되었다!

은행들은 다시 대출을 남발하기 시작한다.

여기까지가 2단계.

1단계와 2단계가 뫼비우스의 띠처럼 무한히 반복된다. 그런데 누누이 강조해도 부족한 것은 그러한 장치의 커다란 축 중에 하나를 '서브프라임 등급', 돈 한 푼 없이 이자만 내며 집을 구입한 사람들이 담당하고 있다는 것이다.

생각해 보라.

그들이 왜 아무런 걱정 없이 돈을 빌릴 수 있었겠는가?

이자가 싸니까.

답은 분명했다.

당국에서 이자를 높이라고 지시하면 은행은 따라야만 하고, 그 순간부터 지옥문이 열리는 것이다.

이자를 내지 못하면 집이 날아간다. 거기서 그치면 문제없으나, 그 집을 담보로 한 상품들까지도 일제히 한낱 종이 쪼가리로 변해 버리는 것이 진정한 문제였다.

세계의 금융 시스템을 마비시켜 버린 거대 사태는 그렇게 일어났었다.

그럼 엘리트들이 이 뻔한 문제를 왜 방관하고 있었냐고?

지나가 보면 뻔하지만, 당시에는 파악하기 힘들 정도로 금융 상품들이 복잡하게 꼬여 있었다. 그런 금융 상품들을 더 잘 팔기 위해 위기를 감추고 있던 사기극도 존재하면서 말이다.

이를 사전에 눈치챈 소수만이 돈을 긁어모으는데…… 그들은 비주류다.

나는 주류, 이 사달을 만들어 낸 장본인이고.

어쨌든.

로트실트 가문에 팔아 버린 모기지론 사업부.

그 총액 2조 7천억 중에서 1조 7천억 이상의 자금이 바로, 서브프라임 등급의 사람들과 연관된 자금이다. 모조리 증발해 버릴 자금인 것이지.

"큭!"

석유 시장을 내준 대가로 가져온 자본을 제외하고도, 그 것만으로 로트실트 가문은 메가톤급 핵폭탄을 떠안은 셈이다.

기존 역사에서 서브프라임 사태의 주역은 단연코, 리먼 브라더스였다. 역대급 파산 규모 6700억 달러로, 시작의 날이 오기 전까지 무엇으로도 깰 수 없는 기록이었다. 한데 이번 시절에 그들은 조연으로 밀려난다. 그러니 그들은 내게 천 번을 절해도 부족할 것이다.

나는 그들보다 더 큰 입으로 서브프라임 시장을 집어삼 켰고.

로트실트 가문에서 그 토사물을 받아먹었다.

이번 서브프라임 사태의 주역은 리먼 브라더스가 아니라 로트실트 그룹의 투자 은행 체인 사다.

"큭큭……!"

오늘부터 빌더버그 클럽 회의가 진행되고 있었다.

마음 같아선 당장 날아가, 그들의 분란을 지켜보고 싶다.

03년도 빌더버그 클럽 회의가 역대 최악이라고 했던가.

틀렸다.

이번 연도 빌더버그 클럽 회의야말로 최악의 정점을 찍을 것이다.

로트실트 가문에서는 북미 회원들에게 금리를 높이지 말라고 지시할 테지만, 미 정부로서는 더 이상 부동산 거품을 방관할 수 없는 시국이다.

양측 입장에 화합점은 없다. 어느 쪽도 물러설 수 없다.

그렇게 빌더버그 클럽은 산산조각 날 가능성이 높다.

조나단을 빌더버그 클럽에 보낸 건 그 때문이었다. 그는 초대장을 듬뿍 들고 갔다.

새로운 클럽의 이름도 정해 놓았다.

빌더버그 클럽이란 명칭의 유래가, 암스테르담 인근 빌더버그 호텔에서 최초의 회의가 진행됐기 때문이었으니.

새로운 클럽의 이름은 '전일 클럽'이다.

내년도 전일 클럽의 첫 회의는 새만금 리조트 내의 전일 호텔에서 개최된다.

*　　　*　　　*

조나단은 객실로 들어오자마자 베개에 얼굴을 파묻었다.

"크하하핫! 크하하하핫! 미쳐 버리겠네."

한번 터진 웃음은 멈추지 않았다. 베개를 껴안은 채로 침대 위에서 뒹굴며 두 발까지 굴러 댔다. 겨우 진정한 그는 창가로 걸어갔다.

선후를 위주로 한 그룹이 빌더버그 클럽 안에서 영향력이 크다는 말과는 달리, 그들은 어쩐지 외톨이처럼 분리되어 있었다.

중심은 단연 아이작 로트실트였다. 잘 모르는 사람이 보면 빌더버그 클럽이 아니라, 로트실트 가문에서 주최한 사교 파티처럼 보이는 광경이었다.

"마음껏 즐겨 둬. 멍청이."

조나단이 창밖을 향해 중얼거리던 그때.

똑똑. 노크 소리가 들렸다.

"잠시 괜찮겠소?"

질리언과 그의 아내 제시카였다.

그런데 제시카는 질리언을 말리고 있었고, 질리언은 고집스러운 얼굴로 기어코 객실 안으로 발을 뻗었다.

조나단은 질리언이 그새를 못 참고 올라온 이유를 알 것 같았다.

잊을 만하면 한 번씩 언급하는 이름이 있었다.

오딘.

처음에는 조나단도 몰랐지만, 조슈아를 통해 그 이름이 선후의 다른 가명이란 걸 알 수 있었다.

"죄송해요. 이이를 막을 수가 없네요. 아직 짐도 못 푸셨는데."

제시카가 말했다.

"짐이랄 것도 없습니다."

조나단은 들고 온 가방 하나만 턱짓해 가리켰다. 조나단의 발걸음이 그쪽으로 향했다. 그가 가방 안에서 작은 편지 봉투 하나를 꺼내 질리언에게 돌아왔다.

"마침 잘 오셨습니다. 질리언에게 첫 번째로 주라더군요."

"이게 뭡니까."

조나단은 미소와 함께 어깨를 으쓱해 보였다. 편지 봉투 안에 들어 있는 건 초대장 하나였다. 조나단이 초대장을 펼치고 있는 질리언에게 말했다.

"오딘이 보냈습니다."

그대로 질리언의 동작이 멎었다. 그의 시선만 조나단을 향해 번뜩였다.

"그동안 어려운 일을 잘 따라와 줬다며, 고맙다는 말도 전해 달라 하더군요. 확인해 보십시오. 오딘이 당신을 제일 먼저 초대하였습니다."

제시카가 질리언의 한 손에 깍지를 꼈다. 질리언의 손이 떨리기 시작한 찰나에 바로 진정세를 찾았던 건, 아내의 온기 때문이었다.

제시카는 질리언에게 고개를 끄덕여 보였고, 질리언은 그제야 초대장을 완전히 펼칠 수 있었다.


[ 시일: 2009년 5월 5일.

장소: 전일 호텔, 새만금 리조트. 한국.

주최자: 나선후 (전일 클럽) ]


"질리언도 일찍이 만나 본 적이 있습니다. 질리언은 오딘을, 그러니까 선후를 에단이라고 알고 있을 겁니다."

조나단의 그 말에 질리언의 두 눈이 부릅떠졌다.

Chapter 3.

　언젠가 조슈아가 했던 말과는 달랐다.

　당시에 조슈아는 조나단 투자 금융 그룹의 진짜 주인인 나선후조차 오딘의 수족이라는 투였다.

　한데 나선후가 곧 오딘이었고, 오딘이 곧 에단이었다. 그게 사실이라면 질리언이 에단과 처음 만났던 당시 그의 나이는 불과 12세였다는 것이다.

　질리언은 너무도 오래된 기억이지만, 당시의 첫인상 정도는 기억해 낼 수 있었다.

　'그때 열두 살이었다고? 겨우 열두 살? 어떻게…….'

　질리언의 두 눈이 빠르게 깜빡였다.

어차피 그에게 중요한 건 나선후나 오딘의 진짜 정체 같은 게 아니었다. 줄곧 오딘을 만나길 희망했던 이유는, 오랜 시간 변함없이 천재성을 유지하고 있는 디렉팅 부서 때문이었다. 오딘을 만나면 꼭 부탁하고 싶었다.

디렉팅 부서의 천재들과 만날 수 있게 해 달라고.

"선후는 혹 질리언이 속았다는 느낌을 받을까, 그걸 우려하고 있습니다. 괜한 우려일까요?"

조나단이 걱정스레 물었다.

"짐작은 하고 있었소. 본부는 서울에 있소? 아니면 조나단의 그룹 본사에? 디렉팅 부서 말이오."

조나단은 질리언이 무엇을 오해하고 있는지 단번에 파악했다.

초거대 자본을 지휘하는 사령부가 따로 존재한다고 생각하는 것 같은데, 그런 건 없었다. 선후 개인이 사령부며 사령관이었다.

조나단 본인이 생각해도 질리언의 오해는 당연했다. 서브프라임 사태까지 예견한 장기 시안뿐만이 아니라 매해 있었던 단기 시안들까지.

그것들은 결코 개인이 만들어 낼 수 있는 결과물이 아니었으니까.

"시안들 말입니까."

"맞소."

"그건 선후가 작성한 겁니다. 믿기 힘들겠지만."

"……."

"다시 말해 주겠소?"

조나단의 얼굴이 굳어졌다.

질리언의 반응이 조나단 본인이 예상했던 것과 너무 달랐기 때문이었다.

질리언은 선후의 천재성에 감탄하며 입을 다물지 못하는 게 아니었다. 동공뿐만 아니라 온몸 전체를 떨기 시작한 것이다.

떨림은 마치 경련에 가까웠다.

그건 세상이 무너진 사람이나 보일 법한 반응이었다.

제시카가 둘 사이에 급히 끼어들었다. 그녀의 심장이 철렁 내려앉을 정도로, 질리언의 안색이 새파래져 있었다.

제시카는 질리언을 껴안으며 질리언의 머리를 쓰다듬었다. 충격을 받긴 제시카도 마찬가지였으나, 그것은 크게 문제되지 않았다. 그녀는 질리언이 오랜 시간 동안 디렉팅 부서의 천재성에 집착을 보여 왔다는 걸 잘 알고 있었다.

종종 디렉팅 부서를 향했던 찬사는 자책으로 변했고, 자책은 질투로 변하다, 다시 찬사로 바뀌는 등. 디렉팅 부서의 존재는 그녀의 남편에게 양날의 검이었다. 삶의 원동력인 동시에 자괴감의 근원이었다. 그러지 말라고 누누이 말해 왔어도.

"질리언에게 간질이 있었습니까? 의료진을 불러오겠습니다."

"그만두세요. 이이는…… 그런 게 아니에요."

제시카는 말을 끊고서 질리언의 얼굴을 양손으로 붙잡았다.

"숨 깊게 쉬어 봐요. 내 눈 똑바로 보고요. 내 눈 똑바로 보라니까요."

"제시카."

"알아요. 하지만 세상에는 그런 사람도 있을 수 있는 법이에요. 그런 사람이니까, 그런 천재니까 지금의 자본을 만들 수 있었던 거잖아요. 우리들의 보스는 그런 사람이에요."

조나단은 당혹스러웠다. 눈앞에서 벌어지는 광경이 납득되지 않았다.

'감탄할망정, 이렇게까지나 충격에 빠져 버릴 일인가?'

그제야 조나단은 선후의 당부가 떠올랐다. 질리언에게 모든 걸 설명해 줄 때는 조심스럽게 접근해야 한다는 당부 말이다.

'실수했군. 선후가 옳았어.'

조나단은 제시카가 질리언을 침대로 이끄는 뒷모습을 지켜보다, 제시카와 함께 질리언을 부축했다. 침대에 앉힌 다음에도 질리언은 넋이 나가 있었다.

그의 공허한 눈빛은 먼 과거들을 헤집고 있을 뿐이었다.

조나단은 제시카에게 고개를 끄덕여 보인 다음, 질리언의 어깨에 팔을 둘렀다.

질리언이 문득 그 팔을 쳐 내며 말했다. 시선은 초대장으로 돌리면서.

"그래서 내년에는, 진짜 오딘을 뵐 수 있는 거요?"

"그렇습니다."

"질서가 재편성되는 시기에…… 말이오?"

＊　　　＊　　　＊

08년도 빌더버그 클럽의 첫 회의.

자리에 가만히 앉아 있는 사람들은 나선후의 그룹밖에 없었다.

삿대질을 시작으로, 모두 벌떡 일어선 채 경제 용어로 포장한 욕설들을 날리기에 주저함이 없었다.

미국 회원들이 클럽의 결의를 깨트리고 이라크전을 감행한 직후보다 격렬했다.

여기, 회의장이야말로 전장이다.

그날은 서류가 날아들고 고성이 오고 갔다. 사태를 진정시켜야 할 의장조차 그럴 여유가 없었다. 그도 소리치는 사람 중의 한 명이었다.

결국 회원들이 회의장을 이탈하기 시작했다.

아이작도 시뻘게진 얼굴로 객실에 돌아왔다.

미국의 금리는 연방준비제도(FED)에서 결정된다.

중앙은행, 이사회, 연방 공개 시장 위원회, 연방준비은행의 대 기관들이 모여서 미국의 통화 금융 정책을 수행하는 제도다.

로트실트 가문은 연방준비제도에서도 영향력이 강했다. 달러를 찍어 내는 중앙은행의 지분을 소유하고 있으며, 각 이사회와 위원회에는 가문의 하수인들이 배속되어 있었다.

그렇기 때문에라도 아이작은 분을 삭이기가 힘들었다.

은혜를 몰라도 유분수지, 본가에서 공들여 키워 준 녀석들이 본가보다 미국의 경제 현황을 더 걱정하고 있는 것이었다.

그것들이 본인을 향해 삿대질하는 미국 회원들을 방관할 때만큼은, 총이라도 꺼내고 싶은 심정이었다.

미국 회원들보다도 가문의 하수인 녀석들을 쏴 버리고 싶었다. 그럴 수 없었기에 망정이었지.

나선후를 세상 밖으로 끄집어낼 사안은 언급하지도 못했다.

"금리 인상이 단행될 경우엔?"

"서브프라임 모기지론에서 회수율이 적어질 가능성이 높습니다."

수익이 줄어든다는 소리였다.

"그건 어린아이라도 아네. CDO(부채담보부증권) 중에서도 서브프라임의 MBS(주택저당증권)를 기반으로 한 것을 묻고 있는 것이네."

"그 점은 염려하실 것 없습니다. 조나단 투자 금융 그룹에서 가져온 상품들은 모두 초우량, AAA급 물건들입니다. 염려되신다면 자세히 알아보라 하겠습니다."

물론 수차례 검토가 끝난 사안이긴 했다.

최악의 상황.

금리가 계속 오른다 해도, 수익률에만 변동이 올 뿐이다.

조나단 투자 금융 그룹이 모기지론 시장을 장악했던 규모는 실로 거대해서 여전히 황금알을 낳는 사업임에는 분명했다.

회의장에선 분노로 가득 찼으나, 조나단 투자 금융 그룹에서 가져온 것들을 생각하니 조금은 진정되는 것 같았다.

아이작은 멍청히 앉아만 있던 나선후 그룹 사람들, 그중에서도 조나단의 얼굴을 떠올렸다.

이를 악다문 채 입꼬리를 부들부들 떠는 모습이 지금도 눈에 선했다. 석유 시장에서도 모기지론 시장에서도 아웃된 그들은 가장 큰 돈줄을 잃었다.

'열이 뻗치겠지. 생각해 보니 나선후에 대한 건 언급조차 못 했군.'

안타깝게도 그 얘기를 다시 꺼내긴 어려울 것 같았다. 03년도 때처럼 회의는 이대로 흐지부지되다가 해산될 가능성이 높았다.

하지만 아이작에게는 비장의 한 수가 있었다. 비단 언성만 높일 게 아니라 북미의 회원들을 향해 칼을 뽑아 드는 거다.

서로 피를 흘려 대긴 하겠지만, 아랫것들에게 누가 진정한 주인인지 가르쳐 줄 수 있는 기회이기도 했다. 힘은 애초부터 있었고 명분도 생겼다.

사실 미국의 금리 인상이 몇 년 전부터 진행되어 온 일인 건 맞다.

본가에서도 그걸 승인했었다.

그러나 이제는 상황이 바뀌었다. 거품을 좀 더 키우되 최대한 유지하면서, 그동안 조나단 투자 금융 그룹이 모기지론 시장에서 벌어들인 수익금보다 더 큰 수익금을 거둬들여야 할 때였다.

아이작은 본인의 객실로 연방준비제도(FED)와 관련된 회원들을 초청했다.

전통 북미파는 여전히 분노를 감추지 못한 얼굴들이고, 본가의 하수인 쪽들은 난감한 기색이 역력한 얼굴들이었다.

빌더버그 클럽 안에서도 소규모의 회의가 따로 열린 것이다.

상황은 똑같았다. 아니, 오히려 양측의 반감은 더할 수 없을 정도로 극에 치달았다.

아이작은 직감했다.

'내년도 빌더버그 클럽은 열리지 않겠군.'

본시 빌더버그 클럽은 본가의 선대 가주가 만든 것이었으나, 그 역사성에 속박되기에는 얽힌 이문이 너무 컸다.

아이작이 소리쳤다.

"나는 분명히 경고하였소! 당신들이 저버린 거요! 지금부터 무슨 일이 일어날지 두 눈 부릅뜨고 지켜들 보시오!"

그때였다.

위이잉. 위이잉—

그들의 주머니 속 핸드폰이 맹렬하게 진동하기 시작했다.

북미 회원 하나가 핸드폰 문자를 확인했다. 그가 비명을 터트리듯 소리쳤다.

아이작을 향해서였다.

"아이작! 미쳤습니까! 지금 무슨 짓을 하고 있는 줄 아십니까!"

누구는 한 손으로 얼굴을 덮었다.

"아무리 그렇다고…… 이런 짓을……."

또 누구는 아이작을 죽일 듯이 노려보며 노성을 터트렸다.

"좋습니다! 우리도 가만히 있지 않을 겁니다!"

시끄러운 가운데, 아이작도 핸드폰 문자를 확인하였다.

짧지만 강렬했다.

[ 베어스턴스(Bear stearns). 파산 보호 신청. ]

난데없이 월가의 5대 투자 은행 중 하나가 무너지고 있었다. 북미의 전체 증권사로는 업계 3위였고, 세계적인 위탁 중개 업체이기도 한 그곳은 무너지려야 무너질 수 없는 곳이었다.

'난 아니야. 난 아직 시작도 하지 않았어.'

아이작은 속으로만 중얼거렸다.

북미의 회원들이 빠른 걸음으로 빠져나갈 때, 로트실트의 하수인들은 책망 어린 시선으로 아이작을 쳐다보았다.

"선을 넘으셨습니다. 저희에게 수습하라기에는, 감당할 수 없다는 거 아실 겁니다. 프레이 사태가 진정되기 전에 터트린 이것은 미국 회원들뿐만 아니라 아이작에게도 큰 화로 돌아올 것입니다."

"돌아들 가시오."

아이작은 모두를 내쫓았다. 베어스턴스가 파산한 일은 예삿일이 아니었다.

그 순간 아이작의 뇌리를 스치고 지나간 이름 하나.

나선후였다.

그 아시안이 제 핵심 사업 두 개를 빼앗긴 것에 대한 화로, 제대로 미쳐 버렸는지도 몰랐다. 건실한 은행을 한순간에 터트려 버릴 힘을 가지고 있는 세력은 나선후밖에 없었다.

아이작이 조나단의 객실을 향해 뛰어나가려던 찰나.

아이작의 보좌가 그를 소리쳐 불렀다.

"서브프라임입니다! 서브프라임에서 문제가 터졌습니다!"

"그게 무슨 소린가! 갑자기 서브프라임이라니!"

"베, 베어스턴스에서 확인한 사실입니다."

"대체 무슨 소릴!"

"서브프라임…… 서브프라임 모기지 상품들이…… 터졌습니다."

빠직.

아이작의 미간 혈관이 부풀어 올랐다.

눈에 띄게 탱탱해진 그것은, 콕 찌르면 금방이라도 터질 것처럼 보였다.

아이작은 온 인상을 찌푸리며 두통이 일기 시작한 머리를 감쌌다.

"머저리들. 당장의 수익에 눈이 멀어서 저급한 상품들을 다루고 있었겠지. 그렇지 않나?"

아이작은 당연히 그래야만 한다는 투로 말했다. 그런데 보좌의 대답이 들려오지 않았다.

아이작이 보건대, 보좌는 간신히 서 있는 것에 불과했다. 실제로 아이작이 성을 내면서 그의 어깨를 건드리자 보좌의 다리가 힘없이 꺾였다.

"……죄송합니다."

"그런 소리 말게. 안 돼. 그럴 수는 없어. 일어나. 당장!"

"서브프라임입니다. 조나단 투자 금융 그룹에서 가져온 상품들과 같은…… AAA 우량 상품들에서 터진 문제였습니다."

시간이 멎은 것 같았다. 아이작을 둘러싼 세계는 그렇게 정지되어 버렸다.

그러다 툭!

아이작의 머릿속에서 뭔가가 끊어지는 느낌이 일었을 때.

"악!"

아이작은 뒤통수에 큰 충격을 받음과 함께 두 눈이 부릅 떠졌다. 한동안 앞이 잘 보이지 않았다. 그의 시야가 제대로 돌아왔을 때에는 그의 보좌가 자신을 끌어안고 있었다.

하반신에 힘이 들어가지 않을뿐더러 목소리도 제대로 나오지 않았다.

아이작은 아주 작은 목소리로 또 더듬거리며 한 단어, 한 단어를 겨우 이어 나갔다.

"모, 모기지론. 사, 사업부…… 팔, 팔, 팔아…… 빨, 빨리……."

                    *          *          *


몇 년 전부터 찰스 포웰이 집중하고 있는 분야는 빌더버그 클럽이다.

세계 정부, 권력 구조의 정점인 그곳.

찰스는 클럽 회의가 개최되기 일주일 전부터 호텔에 투숙객으로 가장하여 숨어 있었으나, 발각되어 쫓겨난 이틀 전부터는 시위대에 합류해 그들을 인터뷰해 왔다.

"오늘은 회의가 시작된 당일입니다. 여전히 우리 행정부의 수장은 우리에게 정확한 설명을 하지도 않고, 하고 싶지도 않아 보입니다."

빌더버그 클럽은 그들의 비밀 회합이 세상에 알려지는 걸 절대 바라지 않는다.

대중 매체 보도를 금지하며, 조그마한 소스를 풀기라도 하면 철저한 보복을 가한다. 그래서 빌더버그 클럽을 쫓는 매체는 찰스 포웰이 운영하는 폭로 전문의 작은 사설 매체 따위가 전부였다.

"대통령은 똑똑히 들으세요. 당신들은 연방법을 어기고 있습니다. 연방 공무원은 연방 공무원이 아닌 자와 연방 정책을 논의해서는 안 된다는 사실을 알 겁니다. 거기에서 벌어지는 일을 우리가 모를 것 같습니까?"

찰스가 카메라를 돌리며 말했다.

"당신의 이야기도 들려주세요."

찰스가 건넨 마이크를 시위대의 한 사람이 받았다.

"우리의 대통령께서 대단한 민주주의하에 당선되었다는 것은 큰 착각이오! 진실은! 저들에게 진즉부터 당선 허가를 받았다는 것이지!"

"이를 음모론이라 치부하는 사람들에게도 한마디 해 주시죠."

"세계에서 가장 부유하고 가장 힘 있는 125명이 매년 모임을 가지고 있소. 만나서 스테이크나 썰고 헤어질 거라는 게 더 우스운 소리 아니오? 세상은 눈으로만 보는 게 전부가 아니고, 안 보이는 세상이 진짜 존재하고 있소. 저 빌더버그 클럽 같은!"

그때.

우우우—

야유 소리가 터졌다. 찰스와 사내에게 향하고 있는 게 아니다.

통제되어 있던 쪽이 개방되면서, 호텔에서 차량 한 대가 나오고 있었다.

경찰들은 이미 시위대가 도로에 접근하지 못하도록 경고하는 중이었다.

"우리들은 당신들 노예가 아니야! 알겠어? 당신들은 우리 주인이 아니라고!"

"빌더버그 클럽은 해산해라! 해산해라!"

"수작질 따윈 집어치워!"

시위대는 백 명이 넘지 않는 작은 규모였지만, 열의만큼은 대단했다.

찰스의 팀은 빠르게 움직였다. 차량의 전면 창만큼은 짙게 선팅을 할 수 없기 때문에 찰스의 팀은 그쪽으로 초점을 맞췄다.

평소에 회원들의 차량은 시위대의 안전을 의식해서라도 느릿하게 진입하거나 떠난다.

그러나 호텔에서 나온 차량은 속도를 늦추지 않았다. 실제로 사고가 날 뻔한 일을 만들며 차가 지나간 후, 시위대는 호텔을 향해 야유를 퍼부어 댔다.

그 시각 찰스는 찍은 영상을 판독했다.

차량 번호판은 아이작 로트실트가 타고 들어온 차량의 것과 일치했으며 영상에도 뒷좌석의 아이작이 찍혀 있었다.

그런데 그의 양옆에 의료진으로 보이는 사람들이 붙어 있었다. 호텔 내부의 의료진으로는 감당할 수 없는 문제가 아이작 로트실트에게 터진 것이다.

'대박이군!'

찰스가 다루는 사안들은 언제나 소외되고 음모론 따위로 취급받기 일쑤지만, 증거가 쌓이다 보면 이야기는 점점 신뢰성을 갖기 마련이다.

로트실트 가문의 가주 신상에 적신호가 켜진 것은, 앞으로 일어날 변화의 시작점이 될 수 있는 사안이었다.

사실 이번 연도 클럽을 취재하며 얻은 가장 대박은 조나단 헌터의 출입 장면을 찍은 것이었다.

조나단 투자 금융 그룹의 그 조나단 헌터 말이다.

찰스가 주력하고 있는 사안은 빌더버그 클럽이지만 클럽은 한 해에 한 번 열릴 뿐.

클럽 회의가 열리지 않는 날에는 조나단 투자 금융 그룹을 추적해 왔다.

조나단 투자 금융 그룹이 북미 경제를 장악하게 된 과정을 조사하고 추적함으로써 그들의 실제 금권(金權)이 어디까지 미쳐 있나 파악하기 위해서.

찰스는 생각해 왔었다.

대중들은 아무것도 모른다.

전 세계 나라들, 전 세계의 사람들에게 소수의 금융 엘리트들에게 지배되고 있는 작금의 현실에 대해 알리고 경각심을 심어 줘야 한다.

자신에게는 그러한 사실들을 폭로할 애국적 의무가 있으니까.

전대 대통령, 에이브러햄 링컨은 진즉부터 이렇게 될 위기의식을 느끼고 있지 않았던가.

"자본 권력은 평화 시에 국가를 잡아먹으려 하고, 역경의 시기에는 변화를 꾀한다. 그것은 군주제보다 더 포학하고, 독재보다 더 거만하며, 관료제보다 더 이기적이다. 나는 가까운 미래에 나를 무력하게 하고 내 조국의 위험 앞에 떨게 하는 위기가 닥쳐올 것을 알고 있다. 타락의 시대가 뒤따를 것이며, 재부가 소수의 손에 집중되고, 공화국이 파괴될 때까지 자본 권력은 대중에게 피해를 끼치며 그 권세를 확장할 것이다."

그러다 결국 암살당하고 말았지만, 링컨의 예견은 사실이 되었다.

'어쩌면 빌더버그 클럽보다…… 조나단 투자 금융 그룹이 더 문제일지도 모르지.'

찰스는 우연이라기에는 일이 너무 중첩돼서 일어난다고 생각했다.

그들의 자본이 미 경제를 장악한 수준에 이른 시점부터, 세계를 지배하고 있는 전통적인 가문들에서 사달이 일어나기 시작했다.

카르얀 가문에서는 조슈아 폰 카르얀이 쿠데타를 일으켰고.

골드슈타인 가문은 여가주의 실종과 더불어 가문이 산산

조각 나, 한국계 자본에 헐값으로 팔려 나갔으며.

머건 가문에도 가주와 후계자가 갑자기 실종되더니 이번에는 로트실트 가문의 신변에도 문제가 터졌다.

그게 다 우연일까?

이튿날.

차량 한 대가 나타났다.

로트실트 가문의 이인자라고 알려진 드레스너 로트실트가 타고 있었다.

시위대들도 찰스만큼이나 이쪽 방면으로 눈이 뜨인 사람들이다. 그들의 야유와 거친 소리가 시작됐다.

"로트실트 돼지들은 우리 땅에서 꺼져!"

"우리가 똑똑히 보고 있어! 당신들은 어디에나 노출되어 있어!"

"중앙은행이 당신네들 소유인 걸 우리가 모를 것 같아? 천만에! 다 알아!"

쩝.

드레스너 로트실트는 기분이 좋지 않았다.

최하위 계급들이 땍땍대는 소리야, 견고한 차벽에 막혀 제대로 들리지도 않았다.

그가 기분 나쁜 이유는 시위대 때문이 아니었다.

가주의 고혈압이 터져 버리면서 왕좌를 물려받을 가능성이 높아진 건 맞다. 그러나 날아오는 동안 확인해 본 문제가 너무나 심각했다.

조나단 투자 금융 그룹의 석유 시장 장악 분량을 매입하기 위해 온갖 군데에 가문의 자산들을 담보 잡힌 데다가.

문제가 터진 모기지론 사업부는 2조 7천억 달러짜리 핵폭탄이었다.

온통 현금과 결부되어 있기 때문에 가문의 존망이 걸려 있었다.

'고대하던 빌더버그 클럽의 첫 입성이 이따위라니.'

드레스너는 회원들의 객실을 돌아다니다가, 마침내 조나단과 만났다.

"드레스너 로트실트요."

"조나단 헌터요."

"거두절미하고 말하리다. 당신이 판 상품들이 문제가 많소."

"그랬소?"

"시치미 떼지 마시오. 이렇게 될 걸 알고 우리 가문에 떠넘긴 거 아니오?"

"아이작은 좀 어떻소? 듣자 하니 하반신이 마비되었다던

데. 쯧쯧. 그래도 얼굴 쪽은 멀쩡하다니, 내게 말고 당신 가주께 직접 들으셔야지. 환장하고 갈취해 간 건 당신네 가주였소. 우리 그룹의 위기를 아주 즐거워하면서 그랬지."

조나단은 웃음을 참지 않으며 계속 말했다.

"영업하러 온 거요? 아니면 한판 붙어 보자고 언성 높이러 온 거요?"

"합의점을 찾아봅시다. 조나단에게 기회를 주고 있는 것이오."

"기회? 어떤 기회?"

"우리 가문은 빚을 잊지 않소. 이자를 쳐서 반드시 갚소. 그런 게 신용이란 거요."

"한번 도와 달라는 거요?"

"우리 가문의 원한을 사지 말라, 경고해 주고 있는 거요. 친절하게."

"당신네 가주가 쓰러지기 전에 어떤 난장을 쳐 댔는지 모르고 있구려. 로트실트는 북미 회원들을 적으로 돌렸소. 아주 기고만장하였지. 당신도 그걸 봤어야 했는데."

"논점을 흐리지 맙시다."

"장담하건대 총기를 가지고 들어올 수 있는 곳이었다면, 당신네 가주가 만든 분위기는 여기를 시가전으로 만들었을 거요. 아직도 분위기 못 읽었소? 로트실트는 고립됐소."

드레스너는 할 말을 잃었다. 조나단의 말이 맞았다. 본가의 가주는 일이 이렇게 될지도 모르고 클럽 회원들의 공분을 샀다.

"자, 그럼 합의점을 찾아봅시다."

조나단이 말했다.

"모기지론 사업부를 10억 달러에 돌려드리겠소."

"큭. 그 쓰레기 더미를? 나 조나단이 그렇게 멍청이로 보이시오? 형편없구려."

"그 쓰레기를 당신들이 만들었소."

"보시오. 드레스너. 합의점이란 건 그런 게 아니오. 서로 양보할 것을 찾아 의견을 일치시키는 거라오. 우리 조건부터 말하리다. 로트실트 가문에 원조금을 대 줄 수는 있소. 제대로 된 걸 내놓는다면."

"말해 보시오."

조나단은 악당 같은 미소로 대답했다.

"미 중앙은행의 지분."

*　　　*　　　*

〈 그래서? 〉

〈 금방이라도 혈압이 터져 버릴 것처럼 부들대던데. 제

가주 뒤를 그대로 따라갈 줄 알았지. 어쨌든 얼마를 빌려줄수 있냐고 묻더군. 멍청한 자식의 사고는 거기까지였던 거야. 중요한 건 얼마가 아니라 언제잖아. 안 그래? 〉

〈 그렇지. 〉

〈 서브프라임이 터진 후에나 가능할 거라니까, 이 멍청한 자식은 두고 보자고 성질을 내더군. 그래서 나도 돈 필요하면 그때 다시 오라고 한 다음에 쫓아냈지. 여기 녀석들은 대부분 그래. 무소불위의 권력을 장기간 누리다 보니 언성만 높이면 해결되는 줄 아는 거야. 〉

〈 하하. 지금까지는 그랬겠지. 〉

〈 어쨌든 미 중앙은행 지분만큼은 절대 놓질 않으려 할 거다. 〉

〈 그것도 지금까지는. 〉


그건 로트실트 녀석들의 말마따나, 두고 볼 일이었다.

서브프라임 사태의 규모가 과거보다 월등히 크기 때문이다.

후발 주자로 뛰어든 금융 세력들이 판을 키우며 역사는 달라졌다. 본래대로였다면 작년 여름부터 눈에 띄는 징조들이 쉴 틈 없이 이어져야 했었다. 베어스턴스 그룹이 통째로 파산 신청하는 게 아니라.

휘하의 헤지 펀드 두 곳에서 먼저 파산 신청을 하는 것으로 서브프라임 시장은 더 이상 가치가 없다는 사실이 세간에 밝혀질 일이었다.

그때부터 세계의 은행들은 서브프라임 시장을 정리하기 위해 동분서주하지만, 이미 다 들통난 마당이라 어떻게든 내부의 위기를 숨기는 데에만 주력했어야 했다.

그것이 과거의 일.

하지만 거품이 커지면 커질수록 그것이 품고 있는 폭발력은 배가 되는 법.

이번에는 중간 과정이 생략되다시피 했다. 더 커져 버린 폭발력으로 시장이 반응할 수 없을 만큼 빠르게 일이 일어나는 것이다.

베어스턴스 그룹의 파산은 단지 기폭제에 불과하다.

콰앙!

〈 썬! 〉

문득 조나단의 목소리가 커졌다.

〈 보고 있다. 〉

모니터 속 속보를 바라보며 대답했다.

마침, 업계 10위권 안의 투자 은행 한 곳에서도 폭탄이 터졌다.

〈 아메리카 홈 모기지 인베스트먼트(AHMI)도 날아가 버렸군. 크크…….〉

〈 로트실트 녀석들은 일단 내버려 둬. 제정신이 들 때까지는.〉

그것들이 가져간 모기지론 사업부가 터지고 나면, 그들로선 우리에게 손을 내밀 수밖에 없다.

전 세계를 통틀어 로트실트 가문을 구제해 줄 수 있는 수준의 현금을 보유한 세력은 우리밖에 없으니까.

그러니까 그날.

미 중앙은행의 지분을 가져온다.

긁어모아서만은 아무래도 아쉽지. 우리도 달러 좀 찍어봐야 하지 않겠어?

안 그래?

*    *    *

해산이 결정되었다.

그렇다면 내년도 회의 장소와 시일을 다시 합의해야 할 때건만, 그걸 언급할 수 있는 분위기가 아니었다.

단 하루 만에 골이 깊어질 대로 깊어졌다. 뿐만 아니라 세계 경제를 일거에 터트려 버릴 문제들이 확산되고 있는 실정이었다.

빌더버그 클럽이 수십 년에 걸쳐서 만든, 금융의 세계화. 도리어 그것이 그들의 발목을 붙잡았다. 미국에서 기침을 하면 전 세계에 독감이 퍼진다.

콜록. 으악!

콜록. 으아악!

조나단은 먼저 회의장 출입구로 향했다. 나오는 회원들에게 초대장이 든 편지 봉투를 건네기 위해서였다.

호기심 어린 시선을 띠는 이는 극소수에 불과했다. 대다수는 초대장을 확인한 즉시 얼굴을 굳히며, 조나단에게 돌아왔다.

그렇게 조나단 주위가 회원들로 북적거리기 시작했다.

"이게 대체 무슨 수작이오."

"보시는 바와 같소. 내년도 한국에서 개최되는 새 클럽의 초대장이오."

회원들은 얼굴을 붉혔다.

그들의 마음 같아선 당장 초대장을 찢어발기고 싶었지만, 지금 조나단 앞에서는 그럴 수 없었다. 특히 미국 회원들은 대부분 조나단 투자 금융 그룹과 얽혀 있었다.

"아시안이 개최하는 회의에 누가 참석하려 하겠습니까?"

그런 어조는 차라리 나았다.

"이건 통첩장이오. 우리들을 향한 전쟁의 메시지를 담고 있는 거요. 모르시오?"

한 회원이 조나단에게 일갈했다.

"무슨 섭섭한 말씀을. 초대에 응하지 않으면 그뿐인 것 아니겠습니까. 참고로 질리언과 조슈아, 콜튼, 제시카, 제이미, 다니엘 그리고 나 조나단은 올해를 기점으로 빌더버그 클럽에서 탈퇴하는 바요."

미 대통령이 조나단에게 눈빛을 보냈다.

회원들을 물리고 조용한 곳에서 독대하자는 뜻인데, 빌더버그 클럽 안에서 미 대통령의 영향력은 크지 않았다.

조나단은 단번에 무시했다.

"빌더버그 클럽은 화합은 고사하고 원한만 쌓는 창구일 뿐이오."

"그 사달을 만든 게 조나단, 바로 당신들이잖소!"

드레스너 로트실트였다.

그는 초대장을 차마 찢지는 못해도 조나단에게 던지다시피 돌려주며 소리를 높였다. 조나단은 차분하게 대꾸했다.

"초대장을 지니신 분에 한해서만 입회가 허가된다는 점, 이 자리에서 확실히 하리다."

조나단은 드레스너에게 초대장을 다시 내밀었다. 모두는 조용해졌다.

드레스너가 뭐라 말하려던 찰나, 조나단의 말이 이어진 게 먼저였다.

"버리시겠소? 아니면 일단 받아 두었다가 고민해 보시겠소?"

드레스너는 주위를 둘러보았다. 약아빠진 시선들이 자신에게 쏠려 있었다. 세계에서 권력과 돈 냄새를 가장 잘 맡기로 소문난 시선들이었다. 그렇기 때문에라도 드레스너는 물러날 수 없었다.

그는 좀 더 과감하게 나가기로 했다. 드레스너는 초청장을 돌려받자마자 바닥에 내팽개치고, 구두 굽으로 짓밟았다.

"조나단. 이런 장난질에 넘어갈 회원은 이 자리에 아무도 없소."

그러면서 드레스너는 그와 눈이 마주치는 회원들을 향해

눈빛을 보냈다.

하지만 잠잠했다.

"나도 참석할 일은 없을 겁니다."

회원들은 그런 비슷한 말만 되풀이할 뿐이었다. 갈무리한 초대장이 그네들의 품 밖으로 빠져나오는 일은 없었다.

조나단은 담담하게 고개를 끄덕이며 무리에서 빠져나왔다.

질리언을 비롯한, 일명 나선후 그룹의 사람들이 조나단의 뒤를 따랐다.

그들을 바라보는 회원들의 얼굴에는 패색이 짙어졌다. 저들은 몇 년에 걸쳐 클럽 내에서 영향력을 키워 왔으며, 이제는 저들의 협조 없이는 클럽이 원활히 돌아가지 않을 지경에 이르렀다.

그랬던 자들이 일거에 탈퇴를 선언함과 동시에 새로운 클럽을 창립하고 나갔다.

마치 냉전 시절처럼, 세계 질서를 편성하는 세력이 양분되는 것이라면 어떻게든 다독여 볼 문제건만.

진짜 문제는 서브프라임 사태 이후에 저들의 힘이 어디까지 확장되어 버릴지 추정하기 어렵다는 데에 있었다.

나선후 그룹이 빠져나간 자리.

회원들은 원망과 질책이 섞인 눈초리로 드레스너를 바라

보았다.

"이 사달은 로트실트 가문에서 자초한 겁니다. 어쩌자고 조나단 그룹의 핵폐기물을 가져온 겁니까. 도리어 아시안이 활개 칠 수 있게 만들어 준 꼴이 아닙니까."

"우리는 당신네 가주인, 아이작 로트실트의 도발을 잊지 않고 있소. 이 사태는 당신네 가문 안에서 해결해야 할 거요."

"지금이라도 밝혀 보시오. 석유 시장을 전부 가져온 빅딜(Big deal), 그 규모가 얼마쯤 됩니까?"

"드레스너! 당신네 가문에서 얼마나 퍼 주었냐는 말입니다."

"서브프라임이 터지면 석유 시장도 함께 공멸입니다. 아시안은 그동안 누적시킨 자금에 더불어 당신네가 퍼 준 돈까지 합쳐, 우리들 자산을 쓸어 담을 겁니다. 실로 심각한 지경입니다."

"대답하세요. 드레스너!"

"드레스너!"

"드레스너어어!"

드레스너는 순간 대답할 뻔했다. 물론 숫자는 아니었다.

'왜 나한테 지랄이야, 똥을 퍼질러 놓은 건 내가 아니라 아이작이라고!'

드레스너는 그 말을 속으로만 삼킨 다음, 간신히 마음을 진정시켰다.

"내년도 빌더버그 클럽 회의는 런던 시티의 로트실트 호텔에서 개최됩니다. 시일은 5월 5일. 그날까지 합심하여 사태를 수습합시다."

"합심? 웃기는 소리 마시오. 로트실트 가문에서는 가문을 정리하는 일이 있더라도 이 사태를 무마시켜 놓아야 할 거요. 조나단 투자 금융 그룹이 프레이 사태를 해결해 놓은 것처럼."

"로트실트에서 가져간 모기지론 사업부만큼은 터져서는 안 됩니다."

"해결할 수 있소?"

"해결할 수 있습니까? 드레스너?"

드레스너는 이를 악물었다.

'없어. 없다고!'

"그러니까 여러분들께서는 우리 로트실트를 도와주셔야겠습니다. 여러분들의 자산을 위해서라도."

장내는 다시 시끄러워졌다.

\*　　　\*　　　\*

드레스너는 영국으로 돌아가지 않았다.

워싱턴과 월가를 오갔다.

아이작 로트실트가 만들어 놓은 감정선을 해결하는 데 주력했다.

월가의 투자 은행 두 곳이 또 한날에 파산해 버린 날이었다.

지난 세 달간 그런 일들이 빠르게 일어났다.

북미의 은행과 증권사들이 세 곳 중 한 곳꼴로 파산하고 있었고, 조나단 투자 금융 그룹에서는 헐값이 분명한 가격으로 그것들을 인수하겠다는 신호들을 꾸준히 보내오고 있었다.

대형 은행 몇 곳에서는 이미 뱅크런(Bank Run:대규모 인출 사태)이 진행 중이다.

〈 버틸 수 있을 것 같나? 〉

〈 ……죄송합니다. 〉

〈 알겠네. 〉

드레스너는 핸드폰을 끊으며 다리 밑을 쳐다보았다. 한밤의 어둠이 서려 있는, 저 밑의 강물에서 보내오는 유혹이 강했다.

석유 시장을 매입하는 데 들였던 자금은, 인류 역사상 최대라고 장담할 수준의 손실을 기록하고 있었다.

 모기지론 사업부가 들어간 로트실트 체인 사(社)는 명줄이 끊기기 일보 직전이었다.

 '내가 죽긴 왜 죽어. 아이작, 본가를 말아먹은 그 개자식이 죽어야지.'

 생각의 흐름은 매번 이런 식이었다.

 그때.


 〈 납니다. 지금 백악관으로 들어올 수 있습니까? 〉


 미 재무부의 긴급 회의에 드레스너도 비밀리에 참여하라는 연락을 받았다.

 실버만, AP 머건 등 대형 은행과 증권사들의 인사들도 한자리를 차지하고 있었다.

 드레스너는 마치 적진 속에 혼자 들어온 기분이었다.

 원래는 이렇지 않았다.

 미국에서 로트실트 가문의 영향력은 대대로 대단해서, 가문을 향한 분위기는 언제나 호의적이었다.

 하지만 이제는 눈초리들이 사나워져 있었다.

 '나를 바이러스 보듯 하는군. 틀린 말도 아니지. 체인 사

가 터져 버리는 순간, 지금까지와는 비교도 안 될 핵폭탄이 터져 버리는 셈이니까. 흐흐.'

드레스너는 돌아가는 분위기를 읽었다. 미 정부도 어쩔 수 없는 거다.

"로트실트 체인 사(社)는 서브프라임 시장의 80%를 점유하고 있습니다. 체인 사가 무너지는 일은 없어야 할 겁니다. 이에 우리는 최대 2천억 달러까지의 긴급 구제 금융 시스템을 발동시키는 데 합의하였습니다. 체인 사에서는 얼마가 필요합니까?"

"3조 달러."

드레스너는 망설임 없이 대답했고 장내는 일순간 침묵에 휩싸였다.

잠시 후 격앙된 목소리가 침묵을 깨며 나왔다.

"우리 정부의 한 해 예산을 말씀하시는군요. 드레스너. 이는 어디까지나 구제 금융인 겁니다. 로트실트 가문에서 자체적으로 해결할 의욕조차 보이지 않는다면……."

"없소."

"뭐라 하셨습니까."

"아직도 모르시겠소? 못하는 거요. 가능했다면 진즉 그랬겠지. 우리 가문의 자산 대부분이 저당 잡혀 있소. 체인 사를 살려야만 한다면 3조 달러 이상의 지원이 필요한 실정이란 말이오."

"당신들은 로트실트 가문 아닙니까."

"흐흐. 그랬지."

"이보시오. 드레스너! 태도가 그게 뭡니까."

"두 달 전, 빌더버그 클럽에서 했던 말을 무시한 결과가
지금이오."

"여긴 빌더버그 클럽이 아닙니다. 클럽의 회원 자격이
없는 분들도 계시니 말을 삼가 주십시오."

"당신들은 최선을 다해서 우리 체인 사를 살려 놔야 했
소. 성공의 여부와는 상관없이, 노력이라도 보였어야지. 그
랬다면 적어도 시간을 벌 수는 있었을 거요. 결국에 이렇게
되긴 마찬가지였을 테지만."

드레스너의 그 말에 장내의 모두는 섬뜩한 느낌을 받았
다.

"흐흐흐……."

작지만 장내가 몹시 조용했기 때문이었다.

드레스너의 자포자기한 웃음소리가 끝자리까지 퍼지기
시작했다.

그 무렵 드레스너의 핸드폰이 울렸다.

진동으로 바꿔 놓지도 않아서, 울려 퍼진 그것은 흡사 경
종(警鐘)과 같았다.

연락을 받는 드레스너에게 긴장된 시선들이 집중됐다.

"수고했네."

드레스너는 핸드폰에 대고 한마디만 했다. 그가 자리에서 일어났다.

"드레스너? 혹시……."

"방금 파산 보호를 신청했소. 받아 주고 말고는 당신들 재량이지만, 받아 줄 수야 있겠소? 3조 달러짜리 핵폐기물을. 흐흐. 받아 준다면 내 기꺼이 박수를 쳐 드리리다. 다 같이 죽기밖에 더하겠소?"

누구도 떠나는 드레스너를 막을 수 없었다. 결국엔 터져 버리고 말았다.

좌중 대부분은 얼굴을 감쌌다.

손에 막힌 시야로 검어진 세상 안에선, 연일 터져 대는 핵폭탄의 섬광이 벌써부터 번쩍거리고 있었다.

세계 경제는 끝장났다. 드레스너의 발걸음도 휘청거렸다.

회의가 진행됐던 드레스너의 등 뒤쪽으로는, 그보다 더 할 수 없는 혼란이 시작됐다.

드레스너를 지나쳐 뛰어나오는 자들이 수두룩했고 그들 대부분은 월가에 대형 은행을 보유한 자들이었다. 정부 인사들은 절망이 깃든 표정을 하고는, 가만히 둘 수 없는 손으로 데이터 파일들만 뒤적일 뿐이다.

드레스너는 북한발 핵이 떨어져도 이 난리는 나지 않을 거라고 생각했다.

하지만 어쩌겠는가.

이미 자본사회의 진짜 핵폭탄이 터져 버리고 만 것을.

"흐흐…… 흐흐흐……."

\*         \*         \*

「로트실트 체인 사(社) 파산 보호 신청. 파산 규모 3조 2천억 달러!

세계 금융에 대재앙이 직격했다.

200년 전통을 자랑하던 세계적 투자 은행인 체인 사마저도 서브프라임 모기지 부실의 충격을 감당하지 못했다.

체인 사는 실질적으로 서브프라임 모기지론 시장을 주도해 왔던 조나단 투자 금융 그룹의 모기지론 사업부를 전격 인수하며, 세계 모든 은행을 통틀어 가장 많은 모기지 채권을 보유하고 있었기 때문이었다.

그동안 체인 사의 드레스너 로트실트는 체인 사를 구하기 위해 백방으로 뛰어다녔으나, 명문 은행들과의 논의는 초반부터 결렬되어 왔었다.

사상 최대 규모인 3조 2천억 달러의 파산 규모는 세계 금융에 실로 엄청난 파장을…… <하략>」

Chapter 4.

육체는 하루면 회복되지만, 한 달이 넘도록 사선을 넘나들었던 B 등급 던전에서의 정신적 피로는 적지 않은 시간의 요양을 필요로 한다.

이번에는 찢어지지 않고 라스베가스의 호텔에서 함께 시간을 보내고 있었다.

일주일간, 우리는 쉬고 즐기는 데만 주력했다.

저녁 식사 후 새롭게 만들어진 쇼를 탐문하는 것도 일주일간의 일상 중에 하나였다.

그날도 평소와 다를 바가 없었다.

요즘 떠오르는 신예 마술사의 매직쇼를 보고 와서 호텔

로 들어왔다.

[ 바클란 군단의 방해자 : 바클란 군단장에 깃든 권
능 추출 2/5 ]

퀘스트 진행 상황과 상태 창을 바라보며 앞으로의 일정
들을 논의할 때였다. 정확히는 던전 박스 외, 그동안 누적
시킨 포인트를 소비했을 때였다.

근력만큼은 S 등급을 노려볼 수 있는 궤도 안에 들어와
있었다.

[ 축하합니다. 근력이 한 등급 상승하였습니다.
F → E ]

전 능력 수치 중 최초로 S급을 띄우는 데 성공했다는 기
쁨도 잠깐.

"왜?"

우연희가 의아한 표정을 지었다.

나는 기다려 달라는 눈빛과 함께, 난데없이 떠오른 메시
지를 뚫어져라 쳐다보았다.

처음에는 드디어 능력치 중 하나를 S급으로 만든 보상이

떴다고 생각했다.

그런데 박스도 특성도 아니었다.


[ 탐험자 특성이 발동 하였습니다. ]


탐험자 특성은 고작 던전 발견 포인트를 늘리는 데에서 끝이 아니다. 그랬다면 진즉에 삭제해 아까운 포인트를 낭비하는 일이 없게 했을 것이다.

탐험자 특성을 고등급까지 성장시킬 경우 두 가지 이점이 있었다.

하나는 등급 정도에 따라 게이트 생성까지 남은 시간과 위치를 알 수 있다.

다른 하나는 종종 시스템 자체나 몬스터들에 대한 정보를 알려 준다는 것인데, 지금이 그랬다.

그리고 지금 내놓은 정보는 나로서도 처음 보는 것이었다.

각성자 최초로 능력치 하나를 S급으로 띄운 일과 결부되어서 일어난 일 같았다.


[ 2회 차 특전에 대하여 (탐험자 보상)

모든 능력치를 S등급에 달성한 10 순위에 한하여 2

회 차 특전을 진행할 수 있습니다.

　내용: 진행 시, 보유한 모든 능력치와 특성 그리고 스킬 등급이 리셋 됩니다. 누적 포인트 또한 리셋 됩니다. 대신 모든 등급의 성장 한계치가 SS 등급까지, 스킬과 특성 그리고 아이템과 인장의 보유 한계치는 10개씩으로 확장 됩니다. ]

이…… 런 게 있었다.

이것만큼은 장담할 수 있다. 팔악팔선 누구도 저 특전을 진행하지 않았다.

어쨌든 추정에서 그친 게 아니라, 실제로 SS 등급이 존재한다는 걸 확인했다는 것은 놀라운 일이었다.

SS 등급이 존재하면 SSS 등급도 존재할 수 있다는 뜻이니까.

역경자는 전투 불능의 상태에 빠질 때 모든 능력치와 스킬 등급을 한 등급씩 상승시킨다.

특성 타고난 자는 보유 중인 타 특성이 발동하는 순간, 다른 특성 등급들을 한 등급씩 상승시킨다.

일악이 칠마제 둠 카소와 결전을 벌일 때 보여 줬던 능력들은 S 등급을 초월한 것이었고, 그때 우리 각성자들은 SS 등급의 존재를 처음으로 의심했었다.

본래는 이번에 체력을 S 등급으로 띄운 것을 계기로 SS 등급의 존재를 확인할 마음이었다.

계산해보건대.

팔악팔선이 이 특전을 진행하느냐 마느냐를 고민했을 때는 시작의 장에서 빠져나온 후였을 것이다. 그들이라고 해도 시작의 장에서 전 능력치를 S 등급에 맞추지는 못했으니까.

말이 특전이지, 애초부터 선택권이 없는 특전이었다.

저 특전을 진행하기에는 잃는 게 너무 컸다.

일악만 봐도.

저 특전을 진행했다면 역경자 특성으로 말미암아 SSS 등급의 존재 유무에 도전할 수 있었을 텐데도, 놈조차 특전을 진행하지 않았다.

대신 잠재력 하급의 스킬들을 리빌딩하는 선에서 안주했다.

그리고 그건 현명한 선택이었다.

무턱대고 처음부터 다시 시작하기에는 들인 세월이 굉장했으며, 많은 적들을 두고 있을 때였다.

시작의 날 초창기에는 국가를 상대로, 중기에는 난립한 길드들을 상대로, 말기에는 팔악의 우두머리로서 팔선의 진영과 첨예하게 대립하던 놈이었다.

만일 시작의 장 안에서라도 선택은 달라지지 않았을 것이다.

시작의 장은 더 끔찍한 세상이었으니까.

거기는 어떻게 될지 모르는 미래의 힘보다도 당장 내 손아귀에 쥐어진 힘이 절실한 곳이었다.

시스템은 10순위까지 특전을 안배해 뒀지만, 나 외에는 저 특전을 진행할 여유가 있는 각성자는 나오지 않을 것이다.

시작의 장에서도 성장할 기회가 많은 건 사실이다.

하지만 나 또한 거부한다면 그냥 저런 게 있었구나 하는 것으로 끝인 특전인 것이다.

설마 3회 차 특전도 있는 건 아니겠지?

＊　　　＊　　　＊

길었다.

고민을 거뒀다. 지금 특전을 계산하는 것은 언감생심이다.

근력을 S급까지 성장시킨 게 다음 공략에 큰 도움이 되는 건 맞지만, B 등급 던전은 여전히 목숨을 걸어야만 간신히 성공할 수 있는 곳이다.

두 번째 도전에서 더 절실히 깨달았다. S급 공적 퀘스트를 완료하기 위해 꾸준히 도전하긴 하겠다만, 당장은 다시 되돌아보고 싶지도 않은 기억들이다.

그런 면에서 우연희는 대단한 녀석이었다. 정신계라서 그런가? 그쪽으로는 나보다 강인한 녀석이다.

B 등급 던전에서 리빌딩을 하는 건 나지만, 그런 나를 암암리에 챙겨 주는 우연희야말로…….

나는 평온한 얼굴로 잠든 우연희의 몸에 이불을 덮어 준 후 거실로 나왔다.

금융 채널을 켰다.

소파에 비스듬히 누워서 월가의 비명 소리를 만끽했다.

슬슬 로트실트도 버틸 수 없는 때가 온 것 같은데, 아직까지는 중소 은행들만 연쇄 도산하고 있을 뿐이었다. 텔레비전 속 금융계 인사들은 어김없이 로트실트에 촉각을 곤두세우고 있다.

그들도 모를 리가 없었다.

로트실트가 무너지는 순간부터가 진짜라는 것을 말이다.

눈이 무거워질 무렵.


[ 속보. 로트실트 체인 사 파산 보호 신청. ]

한 줄 문장이 내 눈을 뒤집어 깠다.

그러면 그렇지!

그나마도 로트실트니까 이 정도까지 버틸 수 있었던 거다.

지금 이 순간이 역사적 분기점이다.

일반 대중들로선 차마 알지도, 알 방법도 없겠으나, 저 사건을 계기로 세계 금력은 한 세력의 손아귀로 집중된다. 머지않아.

어김없이 조나단의 연락이 들어왔다.


〈 터졌군. 〉

〈 터졌다. 〉


지금부터 할 일은 전 세계에서 치솟는 불길을 지켜보는 것뿐이다.

"아니지. 하나 남았군."

기다리던 소식이 들어온 날은 로트실트 체인 사의 파산을 시작으로 전 세계의 금융 시스템이 침몰하고 있던 날이었다.

이번에는 내가 조나단에게 향했다.

한겨울보다 더한 한기가 내려앉은 거리를 지나, 조나단

투자 금융 그룹의 본사로 들어갔다. 분위기가 삭막한 건 본사도 마찬가지였다.

본사에서 보유하고 있는 기업 주식들이 연일 폭락하면서, 관련 업무를 다루고 있는 부서 사람들은 모두 죽을상이었다.

그러나 몇 개 층만 그럴 뿐, 조나단이 머문 최상층은 그 어느 때보다 분위기가 좋았다.

적어도 내 시선에서는 그랬다. 그곳엔 러시아발 금융 대전 직후가 연상되는, 우리 그룹에 돈을 꾸러 온 자들이 가득했다.

조나단은 서류 더미에 파묻힌 채로 나를 맞이했다.

퀭한 눈.

하지만 눈빛이 살아 있다. 김청수도 내게 아는 체를 해왔다.

김청수는 머저리가 아닌지라, 내가 조나단 투자 금융 그룹과 관계 깊은 인사인 것을 오래전에 눈치챈 듯했다.

그가 날 향해 '에단이 우리 그룹의 실주인입니까?' 라고 물은 적은 없다. 하지만 매번 조심스럽고, 기회가 생기면 자신을 어필한다.

지금도 그랬다. 서브프라임 사태를 이용할 향후 전략을 두고 그는 본격적인 브리핑에 나섰다. 한 번씩 날 확인하는 그의 두 눈에는 더 큰 성공을 향한 야욕이 품어져 있다.

일 차 브리핑이 끝나고, 우리는 단둘이 옥상으로 올라갔다.

각각 담배 한 대씩을 말아 물었다.

"브라이언. 아시겠지만 앞으로가 더 중요한 시기입니다."

내가 이 그룹의 진짜 주인이라는 말은 필요 없었다.

"한국을 제외한 아시아 쪽으로도, 유럽 전반에 걸쳐서도 그룹 사업을 확장시킬 겁니다. 추천할 인사가 있다면, 몇 명 추려서 내 메일로 올려 두세요. 우리 그룹 내부의 인사도 좋고 외부의 인사도 좋습니다. 능력만 보장된다면."

김청수는 두 눈에 이채를 띠었다.

"감사합니다. 에단."

그의 어깨를 토닥여 준 것을 끝으로, 우리는 각자의 길로 향했다.

나는 다시 조나단의 사무실로 들어왔다.

서브프라임을 다뤘던 진짜 이야기는 끝났다. 지금부터는 조나단과 나, 우리 둘만의 부차적인 이야기 시간.

그렇다고 잡담이나 나누려고 다시 돌아온 건 아니었다.

조나단이 스트레칭을 멈추고 서류 더미를 뒤적였다.

"저번에 부탁하던 거."

조나단이 서류 파일을 내밀며 말을 이었다.

"네 말대로 흥미로운 시도가 있었어. 개인인지 그룹인지는 밝히지 않았지만, 그룹일 가능성이 높다더군."

9장짜리 눈문을 상세히 봤는지, 조나단의 어투에는 살짝 날이 서 있었다.

일단 모르는 체 논문을 정독하는 척했다.

「비트코인: 개인 간 전자 화폐 시스템.

사토시 나카모토.

개인과 개인 간의 전자 화폐는 한 집단에서 다른 곳으로 금융 기관을 거치지 않고 직접 온라인 지불을 가능케 할 것이다. 디지털 서명 기술이 일부 해결해 주지만, 믿을 수 있는 제삼자가 이중 지불을 방지해야 한다면 그 중요한 장점은 사라지게 된다. 우리는 이 논문에서 P2P 네트워크를 이용한 이중 지불 문제의 해결 방안을 제안하고자 한다.」

"조작이 불가능하고 개인 정보를 요구하지도 않으면서 거래의 투명성이 완벽하게 보장되는 시스템이라고 하는데, 개뿔."

조나단이 그새를 참지 못하고 내 뒤로 다가왔다.

본 역사대로 시작의 날부터 모든 금융 시스템이 무너져 버린다면 이것을 경계할 일도 없다.

하지만 내가 그려 나가고 있는 미래에서는 지금의 금융 시스템이 그대로 유지된다. 이것은 꾸준히 문제를 키워 나갈 가능성이 높았다.

"어디까지 눈치채고 있었어?"

"새로운 시도가 있을 것 같긴 했지만, 이런 장난질일 줄은 몰랐지. 완벽하게 탈중앙화된 시스템이라, 일단은 그럴싸해 보이긴 하는군. 목적도 분명하고. 개발물이 나오면 시선을 끌 요지가 다분하다."

대꾸하면서 서류 파일을 닫았다.

"서브프라임이 터지자마자 기다렸다는 듯이 올렸어. 영리한 녀석들이지."

"시장 반응은?"

조나단이 어깨를 으쓱했다.

"쎤, 넌 이걸 심각하게 생각하고 있지?"

조나단이 물었다.

하지만 그의 눈은 내 생각이나 묻는 자의 것이 아니었다.

조나단부터가 비트코인에 대해서 이미 결론을 내린 상태였다.

나도 같은 마음이다.

2회 차 특전과는 달리, 암호 화폐에 대해서는 일말의 고민도 없다.

"비트코인. 지금은 아니지만. 우리에 대한 도전이 될 수도 있다."

"그래서?"

"어쩌긴. 묻어 버려야지."

방법은 어렵지 않다.

비트코인이든, 알트코인이든.

앞으로 개발되고 풀리는 물량에 대해서 전량 매집할 것.

그리고 절대 그것을 시장에 풀지 않는다. 오로지 내 주머니 안에서만 묶어 두면 고인 물 안에서 자연히 썩어 문드러질 것이다.

\*       \*       \*

로트실트의 체인 사는 로트실트 가문이라는 뒷배가 있음에도 불구하고 구제 금융을 받지 못했다. 당연히 그랬다.

구제해야 한다는 것은 누구라도 알지만, 미국의 한 해 예산을 초과하는 그것들의 파산 규모를 감당할 수가 없는 것이다.

그때부터 1930년대의 대공황과 두 번의 세계 대전에서도 살아남았던 대형 은행들까지 덩달아 무너지기 시작했다.

뫼비우스의 띠는 출발점에서 두 바퀴를 돌면 처음의 위치로 돌아온다. 그렇기 때문에 이는 도미노 현상이 아닌, 뫼비우스의 띠 현상이라고 불러야 마땅하다.

미국 증시가 무너지자 호주 증시가 무너졌고 이어서 우리나라와 일본, 중국, 인도, 중동과 유럽 등이 연달아 무너졌다. 그리고 그 시점에서 유럽발 충격으로 미국 증시가 다시 무너지면서 똑같은 연쇄 폭락이 되풀이되고 있는 시기였다.

우리나라만 봐도 본 역사에서는 IMF 시절과 근접하게 폭락한 데다가, 금번의 폭발력은 보다 강했다.

세계 경제는 절망의 늪에 빠져 허우적거린다.

그러한 시국이지만 카지노는 여전히 사람들로 북적였다.

경기를 타지 않는 사업.

관광객들이 이 지역에 쏟아붓는 돈들은 수십 개의 주머니를 거쳐서 결국엔 내 주머니로 들어오게 되어 있었다.

세 번째 던전 공략을 마친 후.

나는 우연희를 데리고 어김없이 라스베가스로 들어와 있었다.

*          *          *

비교하긴 힘들지만 그래도 해 보자면, 나는 일반 S 등급 각성자들을 일찍이 뛰어넘었다.

리빌딩을 마친 본 시대 말기의 팔악팔선에는 못 미치지만, 일악과 일선의 사기 특성과 사기 스킬을 고등급까지 성장시킨 데다가 오딘의 분노도 있었다.

최초 보상으로 얻은 초상위권의 특성들이 있으며 신의 이름을 단 아이템들도 적잖이 모았다.

그렇게 근력을 S 등급으로 성장시킨 상태에서 진행한 공략이었음에도 불구하고, 우리의 혼을 쏙 빼놓을 만큼 어려운 난이도는 크게 달라지지 않았었다.

달라진 점이 있다면 근 40일이었던 공략 시간이 25일로 단축되었다는 것뿐.

하물며 둠 카소는 어쩔까?

일악과 칠선, 팔선을 제거하며 그들의 몫을 내가 짊어질 필요가 있었다.

더욱이 둠 카소는 칠마제 중에서도 가장 낮은 서열이었다.

그것마저도 팔악팔선이 합심하고, 최후에 되살아난 일악이 겨우 무찌르는 데 성공했다.

그나마도 죽인 것이 아니라 도망치게 만들었다.

단언컨대 시간을 역행하지 못한 채로 본 시대에 남아 있었다면 나는 인류의 종말을 두 눈으로 목격하고 말았을 것이다.

둠 카소보다 상위의 존재가 나타나는 날에는 필시!

어쩌면 말이다.

미래는 전 인류의 화합보다 소수의 영웅을 필요로 할지도 모른다.

2회 차 특전은 그 점을 안배해 둔 것이 아니었을까.

"어때?"

문득 우연희의 목소리가 상념을 깨고 들어왔다.

라스베가스가 처음이 아닌 그녀는, 자신의 마음에 드는 이브닝 드레스를 맞추러 나갔다가 돌아왔다.

예전처럼 드레스 속에 무기를 감춰 두는 일은 없었다. 그녀 역시 나 외에는 인류 중 누구도 자신을 위협할 수 있는 녀석이 없다는 걸 오래전에 깨달은 상태였다.

우연희가 한 바퀴 돌아 보이자, 드레스 자락이 태양 망토처럼 펄럭였다.

"너무 치렁치렁하지 않아?"

"나도 그렇게 생각했는데 요즘 트렌드가 이렇대. 이상해?"

"발에 걸리지만 않으면 상관없겠지."

"인장이나 아이템 중에 키 커지는 거 진짜 없어?"

"없대도. 불평하지 마. 젊음을 유지할 수 있는 것만큼의 특권은 없으니까."

"무슨 말을 못 해요. 어쨌든 준비됐어."

우연희는 눈을 반짝였다. 라스베가스는 질리지가 않는 곳이다.

매번 새로운 쇼, 새로운 먹거리들이 우연희를 기다리고 있다.

우연희와 함께 들어오면 콜걸을 부를 수 없지만, 2회 차 특전에 대한 고민 때문인지 여자가 딱히 생각나지는 않았다.

나는 도박으로 여독을 풀 생각이었다.

그동안 나름대로 조심한다고 했지만, 꾸준히 돈을 따다 보니 라스베가스 카지노 업계의 블랙리스트에 올라간 상태였다.

하지만 세계 최대 규모를 자랑하는 여기 카지노에서만큼은 올해 초에 해제되었다.

내가 조나단과 친분 있는 사이라는 걸, 호텔 총지배인이 목격했기 때문이었다.

"어디부터?"

우연희가 물었다.

"숙박비부터 따러 가야지."


카지노와 나의 승부였다.

라스베가스의 카지노들은 아주 근소한 확률로 카지노가 승리하도록 세팅해 놓았다. 1% 미만의 확률 차이를 극복하고 내가 연승가도를 달리기 시작하자, 구경꾼들이 늘어났다.

발 디딜 틈 없이 북적대는데, 그들 모두가 구경만 하고 있는 게 아니다.

그들 중 상당수는 내게 베팅하고 있었다.

카지노와 내가 겨루고 있는 중에 장외에서 베팅이 이뤄지고 있는 것인데, 그런 걸 사이드 베팅이라고 한다.

아이러니하게도 여기는 서브프라임 사태의 축소판이었다.

내가 잘나가고 있다는 이유 하나만으로, 사람들은 내 패를 보지 못하는 어깨너머 무리 속에서 내 승리에 큰돈을 걸어 대고 있는 것이다.

그런데 장외에서 베팅되고 있는 돈들은 카지노 측에서도 집계가 힘들다.

쌓이고 쌓인다.

미 당국과 엘리트들이 서브프라임 파생 상품의 위험도를 쉽게 파악할 수 없던 까닭이 이와 흡사하다.

그때 딜러의 패가 열렸다.

이번에는 내가 졌다.

"아아!"

딜러가 내 테이블에 놓인 칩을 가져가는 순간에, 탄식은 우연희가 아니라 내 등 뒤에서 나왔다. 누군가는 사이드 베팅에 어마어마하게 걸었는지 '안 돼.'라고 중얼거리기까지 했다.

여기가 진짜 서브프라임 시장이었다면 나부터가 파산이었다.

어디까지나 비유인 것이지, 스트레스 풀러 온 곳에서 새로운 스트레스를 누적시킬 이유는 없었다. 나는 적당히 딴 시점에서 몸을 일으켰다.

등을 돌리자 몇몇 사람들의 새하얘진 얼굴이 보였다.

\*　　　\*　　　\*

언감생심이란 걸 알면서도 계속 신경이 쓰이는 건 어쩔 수가 없다. 마음을 내가 원하는 대로 통제할 수 있다면 그건 이미 부처의 경지에 이른 것일 테다.

2회 차 특전.

도박의 희열도, 맛있는 음식과 술로도 그 생각을 떨쳐 낼 수 없었다.

"무슨 생각이 그렇게 복잡해? 스트레스 풀러 온 곳이잖아. 군단장 때문이야?"

우연희가 와인 잔에서 입술을 떼며 말했다.

"아주 조금씩이지만 우리는 나아지고 있어. 다음번에는 조금 더 수월해질 거야. 나도 능력치 등급 하나를 올렸고."

조만간 우연희도 탐험자 보상으로 2회 차 특전에 대해서 알게 될 거다.

그녀는 능력치 하나를 S 등급으로 올리는 데, 마스터 박스 하나만 남았다. 목표로 한 수치가 제대로 떴을 경우에.

"절반 정도 왔다."

"절반?"

"시작의 날까지."

우연희의 두 눈이 동그래졌다. 그녀가 와인 잔을 조심스레 내려놓았다.

주변의 식사 테이블들에서는 오늘 자 라스베가스 관광에 대해서, 혹은 서브프라임 사태에 대해서 이야기하고 있다. 당장 가장 중요한 문제인 것처럼 얘기들을 나누고 있지만.

서브프라임 사태를 초월한 경제 위기가 십 년 후에 도래

한다는 사실을 아무도 모른다.

"앞으로 10년 후, 2018년에 일어나지."

"언제 알았어?"

"오래되지 않았어. 중요한 건 그게 아니야."

"그날보다 중요한 일이 있어?"

"우리 같은 사람들이 반드시 치러야 할 무대가 있다. 시스템은 그 무대를 시작의 장이라고 명명했다."

우연희에게는 그것에 대해 들려준 적이 없었다.

그녀의 고유 능력은 감응인 것이지 독심술이 아니다. 여전히 그녀는 내가 말해 주는 이러한 사실들이 예지몽을 통해 알게 되는 것이라고 알고 있다.

"레볼루치온과 투모로우에 있는 사람들을 말하는 거지?"

"아니."

"그럼?"

"무대가 펼쳐짐과 동시에 전 세계에서 많은 사람들이 각성하게 되어 있다."

"자세히 말해 줘. 부탁해."

"시작의 장이라고 명명된 무대는 전혀 다른 차원의 세계더군. 시간도 우리가 사는 세상과는 독립적으로 흘러간다. 무대 속에서는 시간이 흐르지만, 이 세상의 시간은 흐르지 않는 것이지."

우연희는 부쩍 심각해진 얼굴로 입술도 닫았다. 고개만 여러 번 끄덕인다.

"말이 시작의 장이지, 시험의 장, 아니 생존의 장이라고 부르기에 마땅한 곳이었다. 매 장(章) 매 막(幕)마다 우리들의 싸움을 부추기는 장치들이 준비되어져 있었다. 예컨대 가장 대표적인 경우는 어떤 한 막(幕)을 끝내는 데, 생존자의 수가 정해져 있었지. 이해가 돼?"

"……반드시 서로 죽이고 죽여야 한다는 거야?"

우연희의 동공이 흔들렸다.

"기억나? 지금도 한 번씩 묻잖아. 그 정령을 언제 다시 볼 수 있냐고."

최초의 공적 퀘스트를 수행했던 때를 언급했다.

우연희는 그것들의 진짜 정체를 모른 채 참 좋아했었다.

누구라도 그랬을 것이다. 작은 몸집에 아름다운 날개를 팔랑거리는 그것은, 동화 속에나 나올 법한 존재였으니까.

하지만 그것들의 진짜 정체는 그렇게 아름다운 존재가 아니라는 것이다. 시스템처럼 이중인격을 가진 악마에 가깝다.

우연희가 대답했다.

"넌 싫어했었지. 매우 많이."

"그때는 느낌이 좋지 않았다. 그런데 틀린 느낌이 아니더군."

모르는 척, 이야기를 이어 나갔다.

"그것들이 시작의 장에서 인도관이자 집행관으로 존재한다."

"인도관? 집행관?"

"시작의 장을 진행하는 과정에서 장치들을 친절하게 설명해 줄 때는 인도관. 그리고 정해 놓은 생존자 수보다 많은 사람들이 살아남았을 때는 그것들이 선택하고 죽인다. 그때는 집행관이 되는 거다."

"왜…… 왜?"

"누누이 말해 왔던 게 그거야. 이유를 생각하지 말아야 해. 상황에 맞춰서 최선을 다해 몸부림칠 수밖에 없어."

우연희는 할 말을 잃었다.

그녀는 내가 들려준 이야기를 토대로 시작의 장을 상상하고 있었다.

"그리고 사람과 사람들끼리만 싸워야 하는 게 아니야. 거기에도 있지. 몬스터들이. 크게 보자면 이렇게 말할 수도 있겠군. 준비되지 않은 사람들을 강제로 단련시키는 무대라고. 사실 그럴 목적으로 만들어진 무대일 테지."

"혹…… 시 봤어?"

"뭘."

"거기에 우리 가족도 들어가 있어?"

"그건 몰라. 하지만 들어갈 가능성은 현저하게 적은 것 같다. 전 인류가 각성해서 시작의 장에 돌입하는 식이 아니니까."

"그럼?"

"시스템에 의해 선택된 소수."

"정말이지 시스템은……."

"그래. 악랄하지. 기껏 훈련장이라고 만들어 놓은 곳조차, 생존 전장으로 준비되어 있으니까. 하지만 넌 거기에서도 잘해 나갈 거다. 끔찍한 선택들이 잇따르겠지만 할 수밖에 없겠지. 한 그룹의 리더로서 적당히 준비됐다고 본다."

"선후야? 지금 그 말은…… 우리 함께하는 게 아니었어?"

"시작의 장에서는 아마도. 장을 거치다 보면 언젠가는 만날 수 있을지도 모르겠지만 시작점이 같을 것 같지는 않다. 일단 보게 된 것은 여기까지다. 더 보게 되는 것들이 있으면 들려주도록 하지."

"꼭."

그녀의 눈동자뿐만 아니라 손끝 또한 은연히 떨리고 있었다.

"어쨌든 시작의 장은 계속 염두에 둬야 한다. 마지막으로 들려줄 게 있다. 2회 차 특전에 대해서."

*　　　*　　　*

우연희가 물었다.

2회 차 특전을 진행할 수 있는 조건, 그러니까 체력과 감각 그리고 민첩을 S 등급까지 맞추는 데 얼마나 걸릴 것 같냐고 묻고 있는 거다.

"한 번도 실패하지 않는다는 가정하에, 우리가 꾸준히 성장한다는 가정하에도……."

마저 덧붙였다.

"아슬아슬하다."

우연희는 이해가 되지 않는다는 듯이 대답했다.

"아직 10년이나 남았어."

"어쩌면 그것도 부족할 수 있지."

B 등급 던전에서 얻을 수 있는 마스터 박스는 포인트를 포함해도 세 개까지다.

오로지 목표로 한 내용물이 뜨고, 내용물의 수치가 평균이라는 가정하에 나머지 능력치들을 전부 S급까지 끌어올리는 데 필요한 마스터 박스는 65개다.

하지만 그런 계산을 할 필요가 없는 이유는 다른 게 아니다.

65번 내내 내가 원하는 내용물만 띄울 수 있을까?

그런 일이 일어난다면 내 존재가 시스템 그 자체라 할 수 있는 일이다.

확률과 오차 범위를 관대하게 잡아도, B 등급 던전의 370번 공략이 요구된다.

그래. 안다.

A 등급. 더 나아가 S 등급 던전을 공략할 수 있다면 시간은 대폭 줄어들겠지.

본 시대에서는 더 강해지기 위해서 그래야만 했다.

하지만 지금은 아니다.

그런 일은 일어날 수 없었다. 본 시대 말기, 즉 내가 본 최고 전성기의 일악도 혼자서는 A 등급 던전을 공략하지 못했다.

녀석도 A 등급 이상의 던전을 공략할 때면 최정예 공격대를 이끌고 나갔다.

그렇지 않아도 우연희가 그 건을 언급했다.

"A 등급 던전에 도전…… 해 보는 건?"

B 등급 던전도 충분한 지옥이었으니, 그 이상을 떠올린 우연희의 목소리가 떨리는 건 당연했다. 하지만 이내 표정

이 바뀌었다.

내 감정이 그녀에게 스며들고 있었다.

"우리는 그 안에서 죽어야만 하겠지. 이 세상에 악마들을 풀어놓기 싫다면."

시작의 날이 오기도 전에 종말을 맞이하는 거다.

겁을 먹은 게 아니라 지극한 현실의 이야기였다. 우연희가 더욱 성장해도 우리가 도전할 수 있는 한계는 B 등급 던전까지다.

사실 단둘이서 그걸 해낸 것만으로도 말이 안 되는 일이다.

할 수만 있다면, 본 시대의 팔악팔선을 앞에 데려다 놓고 우리가 이룩한 일을 들려주며 그것들의 오만함을 짓뭉개줬을 것이다.

"레볼루치온과 투모로우의 정예들을 합류시……."

우연희는 말하다가 말았다. 그녀도 안다. B 등급 던전에서 그들은 짐일 뿐이라는 것을. 하물며 B 등급 이상의 던전을?

"묻고 싶은 게 있어."

"얼마든지."

"꼭 시작의 장에 돌입하기 전에 달성해야 돼? 그 조건을?"

"시작의 장에서도 가능하겠지."

"그럼 거기에서 달성한 시점에 다시 고민해 볼 수 있는 문제이지 않아? 지금 그걸 달성하기 위해서 스트레스 받기보단 시작의 장에서."

우연희에게 들려주지 않은 이야기들이 있다.

2회 차 특전을 진행한다고 했을 때, 가장 좋은 타이밍은 시작의 장에 돌입하기 직전이다.

집행자들이 내놓는 공식 보상과 히든 보상들은 단계적이었다.

해서 지금 상태로 시작의 장에 들어간다면 특전 조건을 달성할 시점이 늦어질뿐더러, 달성했을 때에는 다른 각성자들의 성장이 어느 정도 이뤄졌을 시점일 가능성이 높았다.

"다른 각성자들도 염두에 둬야 하지. 들어서 알겠지만 거긴 전장이다. 도중에 내 모든 능력치가 리셋되었다는 사실이 발각될 수밖에 없는 환경이며, 그때 내 그룹 사람들이 먼저 내 목을 노리고 달려들겠지."

"해야 한다면 시작의 장 이전에 진행해야 한다는 거지?"

맞다.

결정되면, 반드시 시작의 장에 돌입하기 전에 시작해야 한다.

어차피 시작의 장에도 성장할 기회는 충분하다. 시간적 여유가 있어서 어느 정도 성장한 다음에, 시작의 장에 돌입한다면 금상첨화겠지만.

"선택은 네가 하는 거지만, 선후야. 난 모르겠어. 그러기에는 지금까지 우리가 해 온 것들과 앞으로 해야 할 일들이 의미 없어지는 거잖아. 10년 후면 20년이야. 20년간 쌓은 힘을 전부 처음으로 돌리는 거잖아."

우연희의 표정이 복합해졌다.

"시작의 장도 긴 세월이 될 거다."

"어?"

"미안. 그걸 빠트렸군. 꽤 긴 세월이 될 것 같다. 일이 년의 체감 시간으로만 끝나는 게 아닌 것만큼은 분명해."

우연희는 생각이 깊어지는 얼굴이 되었다. 그러던 얼굴에 어둠이 짙게 꼈다.

"시작의 장은 생존 역량에 따라 빠르게 성장하는 무대였다. 반면에 우리는 돌입 이전에 성장을 거의 마쳤을 테지. 우리는 시작의 장 내내 정체되어 있지만, 다른 녀석들은 우리에 필적하게 따라오는 거다."

"넌……."

"몬스터보다 사람이 두렵다. 내가 본 것을 너도 보면 좋으련만."

"암살 퀘스트는?"

"어?"

"암살 퀘스트 말이야. 시스템에서 널 공적으로 구분해 놨잖아. 네가 약해진 틈을 타서 다시 시작되면 어떡해."

그게 있었군. 좋은 지적이었다.

"여기에는 네가 있고, 시작의 장에서라면."

손등을 우연희 쪽으로 돌려 보였다.

태양 망토를 두르고 다닐 수는 없어도, 반지 형태로 변환된 관제의 언월도는 손가락에 둘러져 있었다.

발목에는 헤르메스의 발찌가 있다. 앞으로 마스터 박스에서 나올 아이템들 역시 신의 이름이 부착돼서 나올 것이다.

그리고 지금도 진행 중인 S급짜리 공적 퀘스트.

거기에서도 아이템이 나올 수 있다.

능력치 수치가 뜬다면 그것 나름대로 조건 달성까지 시간을 앞당기는 것이라, 오히려 그편을 바라고 있다.

"아이템을 가지고 갈 수 있어?"

우연희의 목소리가 처음으로 밝게 튀었다.

"사전에 각성한 우리들의 특권이지."

"그나마 희소식이야. 그런데 넌 이미 결정을 내린 것 같은데?"

"덕분에."

"덕분에, 라고 할 만한 건 없었는데. 난 들어 주기만 했어."

이번에는 천만에다.

우연희를 보고 있노라면 마치 거울을 보고 있는 것처럼 느껴진다.

내 감정에 따라, 아마도 내가 짓고 있을 표정들이 그녀의 얼굴에 고스란히 드러났다 사라진다.

그러니 알 수 있는 거다. 내가 진정으로 바라고 있는 게 무엇인지.

"그래. 덕분에."

우연희의 눈매가 한결 풀어지기 시작했다. 나도 저런 얼굴이겠지.

어쨌든 10순위까지라고 하지만 이걸 진행할 수 있는 사람은 나밖에 없다.

더욱이 시작의 장에서 머물게 되는 긴 시간과 기회들을 내버려 두기엔 너무 아깝다.

언젠가 말했었지.

강해져야만 하는 이유뿐이라면 시간 역행의 시점으로 시작의 장에 돌입하는 순간을 잡아도 충분하다고.

시작의 장은 그런 곳이다.

착한 인도관, 나쁜 집행관.

그것들은 빌어먹을 것들이지만 그것들이 내놓는 보상들만큼은 진짜였다.

2회 차 특전으로 말미암아, 한계치를 뚫어 버린다면 내가 경계해야 할 대상은 다른 각성자들이 아니라 칠마제뿐일 것이다.

그때 우연희가 한 박자 빠르게 말을 꺼냈다.

"난 괜찮아. 의료 법인은 동생에게 인계해 둘게. 그렇잖아. 앞으로 10년. 던전만 돌 거지?"

말은 쉽다.

하지만 던전 공략과 잠깐의 휴식을 반복하는 십 년의 세월은 시작의 장만큼이나 길다.

그러니 나는 우연희에게서 소중한 하나를 빼앗아 간 셈이 된다.

앞으로 십 년간, 그녀에게 결혼은커녕 연애는…….

"미안하다. 여기에 진행 중인 일들이 많아서 때때로 멈춰지긴 하겠지만, 던전에 매진하는 날들이 대다수겠지."

"좋아. 숨통은 트여 주겠다는 말이잖아. 여기에도 한 번씩 오는 거지?"

"한 등급씩 높이는 데 성공할 때, 그래. 휴식은 필요하니까."

"그럼…… 건배할까?"

쨍—!

*　　*　　*

서울로 돌아가는 비행기 안에서 우연희가 말했다.

"조건 달성 시간이 예상보다 단축된다면 말이야. 내가 리빌딩해 줄게. 넌 내 뒤만 쫓아다니라구."

생각만으로도 즐거운지 그녀는 배시시 웃었다. 템발로 어느 정도 극복이 가능하다는 걸 그녀는 까맣게 잊고 있었다.

빼앗기거나 파괴될 가능성을 배제한다면 순 능력치보다 비중 높은 것이 템발이다.

뭐, 그것도 순 능력치가 뒷받침될 때야 할 수 있는 말이긴 하지만.

"내가 잘 키워 준다니까? 헤헤헷."

"우연희."

"응?"

"너 서른 중반이다. 누가 그렇게 헤실대고 웃냐."

"이 꿀 피부, 이게 어딜 봐서 서른 중반이야. 탄력도 좋다?"

우연희는 집게손가락 하나로 제 얼굴을 콕콕 눌렀다. 그러다 좌석 너머로 내 얼굴을 향해 손가락을 가져오는데, 막지는 않았다.

우연희도 내게 쏟는 시간만큼 강해지기야 하겠지만, 그것만으로는 미안한 감정이 줄어들지 않는다.

어쨌거나 살아가는 이유는 행복을 위해서다. 생존도 좀더 나은 행복이 있어야 의미 있는 거다.

하지만 어둠을 헤치고 혐오스러운 몬스터를 마주하며, 그것들의 핏물과 내장을 뒤집어쓰는 시간들 속엔 행복이라곤 조금도 없다.

쿡.

우연희의 집게손가락 끝이 내 뺨을 찍었다. 그녀가 그대로 날 바라보며 말했다.

"내 선택이야. 미안해할 것 없어. 날 처음 부른 그날에도, 그리고 지금도."

항상 이런 식이다.

그녀가 눈에 띄게 발랄한 척을 하고 있는 이유는 날 달래주기 위해서다.

정신계가 다 그렇지는 않다.

우연희가 특별한 여자다.

*       *       *

우연희는 창밖을 바라보고 있다. 멀어져 가는 땅을 바라보며 그녀도 생각이 많을 것이다.

나도 창 쪽으로 고개를 돌렸다. 저기 어딘가에 있는 월가가 멀어지고 있다.

미래의 경제 추세를 알고 있다는 건 더 이상 의미가 없어졌다.

알다시피 서브프라임 사태가 과거보다 더 큰 규모로 폭발했으며, 폭탄이 떨어진 나라들마다 내 자본이 투입됐기 때문이다.

나비의 날갯짓이 아닌 용이 승천하는 일이었다.

신이 아니고서야 이후는 예측할 수 없다. 그래도 확실한 건 있다.

결코 내게 반(反)하는 미래는 아니라는 것!

지금껏 쌓아 둔 금력이 세계 전반에 스며들며, 거기에서 파생될 금권(金權)은 나를 도모하려야 할 수 없을 정도로 커질 것이다.

혹자들은 로트실트 가문의 자산이 5경이라고 추정한다.

나도 그렇게 믿었던 적이 있었다. 월가인 시절에 체감했던 그들 가문의 힘은 실로 대단했으니까.

달러를 찍어 내고 금리를 결정짓는 미 금융 세계의 실세였기 때문에 그리 믿었다.

하지만 실제로 그들과 맞부딪쳐 본 결과, 그 정도까지는 아니었다.

세간에 떠도는 그 숫자는, 1850년대에 분명했던 로트실트 가문 자산 60억 달러를 매해 6퍼센트의 재산증식률로 계산해서 나온 결과라고 생각된다. 하지만 백 년이 넘는 기간 동안 매해 6퍼센트의 자산을 늘리는 건 불가능한 일이다.

그러나 로트실트 가문의 5경이 허구라고 해서, 5경이란 숫자 자체까지 허구인 것은 아니다.

무슨 말이냐고?

조만간 우리 그룹을 둘러싼 음모론이 더욱 확산될 것이다.

금번의 서브프라임 사태 이후로 우리 그룹의 자산이 전 세계 온갖 분야에 광범위하게 퍼져 추정할 수 없을 지경에 이르기 때문.

그리고 그 음모론을 다루는 자들은 로트실트 가문에 비추어 그 숫자를 우리 그룹에 대입하려 할 것이다.

5경?

로트실트에게는 허구겠지만.

글쎄.

지금도 전 세계에서 사들이고 있는 상품들이 제 가격을 되찾는 날. 그날에도 5경이 허구일까?

내가 이룩한 금융 제국 안에서 말이다. 그날은 전 자본의 주인인 나조차도 내 재산을 헤아리기 힘든 날이 될 거다.

사실…… 지금도 힘들다.

Chapter 5.

가문의 영광은 끝났다.

골드슈타인 가문만큼 처참한 수준은 아니지만, 미 중앙
은행, 그러니까 미 연방준비은행(Federal Reserve Banks)
의 지분을 포기하기로 한 시점에서 과거 같은 영광은 다신
올 수 없는 것이었다.

로트실트 가문의 대저택에서 있었던 긴급 회동은 그렇게
절망 속에서 끝이 났다.

윙—

아이작 로트실트의 전동 휠체어가 모터 소리를 내며 복
도를 가로질렀다.

문득 아이작이 조작 레버에서 손을 뗀 건 역대 가주의 초상화가 걸린 지점에서였다. 그는 몇 시간이나 거기에 있었다.

한참 후, 복도 끝에서 드레스너가 걸어왔다.

"여기 계실 것 같았습니다."

"미처 말하지 못했군. 그간 나를 대신해서 노고가 많았네."

결국 왕좌를 차지하지 못한 드레스너였으나 불만은 크게 없었다. 가문이 몰락하고 있는 중심에서 살아온 몇 개월 동안 그가 느꼈던 상실감이 너무나 컸기 때문이었다.

"회한이 많겠습니다만……."

"아네. 존속하기 위해선 어쩔 수 없는 결정이었지. 내 가슴이 무너지고 있는 건 단지 미 연방준비은행의 지분을 잃었기 때문만이 아닐세."

말은 거기서 끝났다.

뒷말은 필요 없었다. 구태여 그것을 되찾아 올 희망이 보이지 않는다는 말 따윈, 그들의 가슴을 더 후벼 파는 짓이었다.

"그럴수록 힘을 내셔야 할 때입니다. 가주께서 무너트린 것들, 가주께서 직접 쌓아 올리셔야지요. 가주께서는 본가와 우리 모든 혈족들에게 큰 죄업을 지셨습니다."

"그래서 자네가 싫다면, 자네의 동생에게 이 자리를 물려주겠다고 한 거야."

드레스너는 품 안에서 무언가를 꺼냈다. 그것은 구겨졌던 흔적이 다분한 초대장이었다.

"나선후의 초대장이군. 가지고 있었던 건가?"

아이작이 놀랍다는 듯이 말했다.

"회원들이 사라지길 기다렸다가 다시 주워 들고, 다림질해서 직접 폈던 것까지가…… 제 몫이었습니다. 이젠 가주님 차례입니다."

드레스너는 초대장을 아이작의 무릎 위에 올려놓았다.

본가를 일백 년 전으로 후퇴시켜 버린 원흉의 초대장이다. 그걸 바라보는 아이작의 미간에 골이 깊어졌다. 단지 종이 쪼가리에 불과한데도, 그것은 바위만큼의 무게로 그의 무릎을 짓누르고 있었다.

"나선후는 제국을 완성시켰습니다. 인정하고 싶지 않아도, 본가는 이미 그 안에 속해 버린 게 사실입니다. 가주께서 본가를 그렇게 만드셨죠."

아이작은 드레스너의 의도를 진즉부터 느끼고 있었다.

"자넨…… 내가 광대가 되길 원하는군."

황제와 황제의 혈족들을 기쁘게 하기 위해서라면, 우스운 분장도 마다하지 않는 광대 말이다.

"저와 제 식구들이 그 짓을 할 순 없잖습니까. 가주의 책임인 것을."

아이작도 드레스너도 서로를 책망하는 어투가 아니었다.

한숨만 내쉬지 않을 뿐이지, 한 마디 한 마디에 한숨보다 더 깊은 좌절이 깃들어 있었다.

"우리 세대는 아니지만, 다음 세대, 거기서도 안 된다면 그 다음 세대에는 기회가 올지도 모르지요."

지금까지가 본가의 세상이었다면 앞으로는 한국계 가문, 나(Na)의 세상이었다.

하지만 나선후가 그랬던 것처럼 본가의 후대 중에서 나선후로 재편되는 질서를 다시 깨부술 아이가 태어날지도 모른다.

그 미래를 위해서라도 아이작은 초대장을 집어 들 수밖에 없었다.

그때였다.

다다닥.

급히 달려오는 소리가 복도를 울렸다. 달려온 남자는 아이작이 아닌 드레스너의 손에 서류를 건넸다.

명색이 가주는 아이작이었지만 그는 존경도 위신도 모두 잃어버린 인사였다.

아이작은 침통스러운 얼굴을 들어 드레스너의 반응을 살

폈다. 그런데 또 문제가 터진 것 같았다. 서류를 살피는 드레너스의 반응이 점점 거칠게 변하고 있는 것이다.

근래에는 세상을 다 산듯, 평정심을 되찾은 드레스너였다.

하지만 얼굴뿐 아니라 귀 끝까지 벌게졌다. 그의 손에 들린 서류 한 장도 파들파들 떨리고 있었다.

아이작은 또 무슨 일이냐고 묻기가 겁이 났다.

"조나단이…… 2000억 달러를 출자하여 기금 하나를 만들었답니다. 세계 각국 정부와 기업들에게 자발적인 참여를 바라고 있습니다."

질서를 재편할 수 있는 힘을 거머쥔 나선후로서는 거칠게 없었다.

말이 자발적인 참여지, 사실상 강제다.

나선후는 빌더버그 클럽의 미국 회원들이 IMF(국제통화기금)를 만들면서 한 짓을 똑같이 하고 있었다.

"본가에서도 내놔야겠……."

아이작은 말을 끝마치지 못했다.

"윽!"

갑자기 드레스너가 전신의 무게를 다하여 양손으로 그의 무릎을 짓눌렀기 때문이었다.

그러며 아이작을 노려보는 드레스너의 눈빛은, 당장에라

도 그를 죽여 버릴 듯했다.

"가주께서 본가에 저지른 짓을 보십시오."

드레스너가 서류를 아이작의 얼굴 앞으로 들이밀었다.

　「국제자연기금 발족

　발신자: 조나단 투자 금융 그룹

　내용: 본 기금은 개발도상국들의 자연환경 분야

　및 기술 개발을 지원하기 위해······」

전문을 확인하는데, 아이작의 얼굴도 점점 벌게졌다.

그는 끝까지 보지 못하고 고개를 돌렸다. 또 혈압이 터져 버리고 만다면 그때는 마비가 오는 게 문제가 아니라 생명이 위태로울 수 있다는 전문의의 경고가 있었다.

"그 눈으로 똑똑히 보란 말입니다!"

"드레스너······ 그만."

"참······ 참겠습니다. 저도 참을 테니 가주께서도 견뎌 내십시오."

"저들이 이렇게까지 나오는데, 아직도 내가 광대가 되길 바라나?"

"그럼 맞서기라도 하시겠습니까? 광대? 그건 사람이라도 되지, 가주께서는 나선후의 애완견이 되셔야 할 겁니다.

짖으라면 짖고 먹으라면 먹으십시오. 개가 돼서라도 다시
본가를 살려 놓으시란 말입니다!"

"후…… 대를 위해서……."

"예! 후대를 위해서. 일단 지금은, 씨발! 살고 볼 입니
다!"

\*     \*     \*

〈 미 연방준비은행의 지분을 전량 넘기겠소. 국제자연기
금의 발족에도 최대한 협조하겠소. 미스터 나에게 우리 로
트실트의 뜻을 잘 전달해 줄 거라 믿겠소. 〉

〈 감사합니다. 내년도 한국에서 뵙겠습니다. 〉

조나단은 전화를 내려놓은 뒤, 한동안 멍해져 있었다.

그러다 아래층의 김청수에게 내선 전화를 걸었다.

〈 취소하십시오. 브라이언. 〉

로트실트 가문이 반발할 것을 예상해 준비해 뒀던 계획
들이 전면 취소되었다.

"이 새끼들은 겁이 많은 거야, 겁이 없는 거야?"

긴장이라고 할 것까진 없었지만, 로트실트 가문이 세계의 명문 가문들과 휘하의 은행들을 집결시키는 데 성공했다면 상당히 번거로워지기 마련이었다.

하지만 이번에도 선후의 말이 맞았다. 그들은 공포로 얼어붙었다.

"쥐가 궁지에 몰렸을 때 문다고? 웃기는 소리. 공포에 얼어붙어서 그대로 먹히기 일쑤지. 지금이 적기다. 서브프라임 사태로 꼼짝달싹하지 못할 때, 한 번에 집어삼켜 버리자고."

'그렇다고는 하지만……'

조나단은 로트실트의 결정이 뜻밖이었다.

미 연방준비은행의 지분을 넘기며 달러를 찍어 낼 수 있는 권한을 포기한 것에 더불어. 선후가 발족한 국제자연기금에 전면 협조하겠다는 것은, 그들이 세계 명문 가문들과 함께 수십 년간 공들여 쌓은 거탑 또한 포기하겠다는 뜻이었다.

거탑, 환경보호기금.

선후의 국제자연기금은 그 환경보호기금를 겨냥하고 만들어졌다. 이름부터가 그랬고, 대외적인 설립 목적도 환경

보호기금의 것을 그대로 따왔다.

대외적으로는 개발도상국들의 환경 보호를 위해 만들어진 기금이라지만, 사실상 개발도상국들의 토지를 갈취하기 위해 만들어진 것이 환경보호기금이었다.

아프리카, 라틴아메리카, 아시아 등.

환경보호기금이 몇 푼 안 되는 돈을 개발도상국들에게 빌려주고, 담보로 잡은 토지가 무려 세계 육지 면적의 30%에 달했다.

실제로 개발도상국들이 돈을 갚지 못해서 토지가 넘어가는 일이 빈번하게 일어나고 있었다.

대표적인 게 아마존 아니던가?

기존에 세계 질서를 편성하고 있는 금융 재벌들은, 그것들의 욕심을 채우기 위해서라면 수단과 방법을 가리지 않았다.

뒷거리의 불량배들은 총을 들이대지만, 그들은 달랐다. 그럴싸한 명분과 복잡하게 꽈 놓은 시스템 그리고 돈으로, 그것들의 욕심을 선의(善意)처럼 만드는 데 능숙한 자들이었다.

선후는 그 환경보호기금을 가만히 둘 생각이 없었다. 똑같은 기금을 발족하여, 그 안으로 고스란히 흡수하길 바란 것이다.

'로트실트가 알아서 숙이고 들어왔으니, 이젠 재무부 차례군.'

둘만 고개를 숙인다면, 그 아래 주주들도 대항하려야 할 수가 없을 것이다.

조나단이 기다리고 있던 인사가 찾아왔다. 미 재무부 장관이었다.

"많이 바쁘시겠습니다."

조나단이 먼저 말을 꺼냈다.

재무장관은 빌더버그 클럽에서 봤던 마지막보다 십 년은 늙은 얼굴이었다. 다크서클이 뺨에 걸려 있었고, 두 눈은 잔뜩 충혈되어 있었다.

그런 몰골이니 강한 어조에도 힘이 실리지 않았다.

"우리 행정부의 결정을 전해 드리기 위해 왔습니다. 대통령께서는 조나단 투자 금융 그룹의 독주를 심각하게 우려하고 있습니다."

"시작이 좋지 않지만 괜찮습니다. 늘 들어 온 이야기니까요. 편하게 말씀하셔도 됩니다."

"조나단…… 비록 서브프라임이 로트실트에서 터지긴 했지만, 조나단의 그룹에서 만들어 낸 문제입니다. 우리 행정부의 부탁을 무시한 채 이렇게 새로운 관제를 던져 내서는……."

"서브프라임이 우리 그룹에서 만들어 낸 문제라니. 진심입니까? 이런. 경제학도 1학년생을 붙잡고 물어봐도 그런 말은 나오지 않을 겁니다. 최근 얼마나 주무셨습니까?"

조나단은 웃어 버리며 볼펜 끝으로 책상을 가볍게 쳤다.

톡톡.

"논점 흐리지 말고 본 건만 이야기합시다. 나도 한가롭지는 않습니다."

"아시잖습니까. 조나단이 발족한 기금과 설립 취지가 동일한 기금이 존재합니다. 두 개일 필요가 있겠습니까?"

"바로 그겁니다."

"예?"

"두 개일 필요가 없지요. 환경보호기금은 이제 지우고 국제자연기금의 이름 아래서 새롭게 출발합시다. 협조 부탁드리지요."

"대통령께서는……."

"우리 대통령께서 그렇게 눈치 없이 느려서야, 다음 재선은 물 건너간 거나 다름없군요. 당신을 곤란하게 하고 싶지 않습니다. 연결하세요."

조나단은 재무장관 앞으로 손을 내밀었다.

장관은 얼굴을 굳히다가 핸드폰을 꺼냈다.

미 대통령과 연결할 수 있는 번호를 재차 눌러 대지만,

계속 통화 중이었다.

"우리 대통령을 당선시킨 인사들의 연락이 폭주하고 있는 모양이군요."

조나단이 말했다. 월가의 금융 재벌들을 말하는 것이었다.

그래서 장관은 핫라인으로 방향을 틀었다. 마침내 연결이 닿은 핸드폰이 조나단의 손에 쥐어졌다.

〈 바쁘실 테니 하나만 묻겠습니다. 로트실트의 연락을 받았습니까, 못 받았습니까. 〉

〈 ……받았소. 〉

조나단은 재무장관에게 핸드폰을 다시 넘겼다. 바깥에 잠깐 나간 재무장관의 통화가 길어졌다. 그가 사무실로 다시 들어왔을 때에는, 얼굴에 찌든 스트레스가 더욱 짙어져 있었다.

"우리 행정부도 새로운 기금 발족에 참여하고, 기존의 기금을 정리하는 데 도움을 드리기로 결정하였습니다."

그때.

조나단이 막 문을 밀고 나가려는 재무장관을 불러 세웠다.

재무장관은 조나단이 건넨 서류를 받아 들었다. 조나단 투자 금융 그룹의 이사진 중 한 사람의 프로필이었다.

"대통령께 전해 드리십시오."

"이게 뭡니까?"

프로필 속의 인사가 누구인지 몰라서 묻는 게 아니다.

"차기 연방준비제도(FED)의 의장으로 그분을 추천드립니다."

연방준비제도에서 미국의 기준 금리가 결정될 뿐만 아니라 기축 통화인 달러의 통화량 또한 결정되기 때문에, 연방준비제도의 의장을 부르는 다른 이름은 '세계 경제 대통령'이었다.

대중들은 그렇게 알고 있다. 재무장관의 이가 악물렸다.

당국에서는 이 또한 거부할 수 없으리라.

사실상 조나단 투자 금융 그룹, 그 배후에 있는 나선후라는 한국인이 세계 경제를 제 손아귀 안에서 쥐락펴락하고 있는 실정이다.

그가 세계 경제의 진짜 대통령이었다.

'아!'

그 순간 섬뜩한 생각이 재무장관의 뇌리를 스치고 지나갔다.

연방준비제도에도 자신 있게 개입할 단계에 왔다면?

"조나단. 혹시, 혹시 말입니다. 연방준비은행의 지분을……."

조나단은 감추지 않았다. 재무부에도 곧 소식이 들어갈 일.

조나단은 담담히 대꾸했다.

"달러, 얼마나 찍어 드릴까요?"

\*　　\*　　\*

달러는 그렇게 유통된다. 연방준비은행에서 찍어서 미정부에 빌려주고, 대신 그에 해당하는 채권을 가져온다.

그럼 채권을 세계의 은행들에게 다시 되파는 것이다.

사상 최대의 황금 산업이다.

들이는 비용이라고는 인건비를 비롯한 운용비와 지폐를 만드는 데 쓰이는 종이와 잉크값이 전부니까.

그러니까 이 빳빳한 달러는 우리가 찍어 내고 있는 것이다.

\*　　\*　　\*

「벼랑 끝에 선 세계 (World on the edge)」

「궁지에 몰린 자본주의(Capitalism at bay)」

이제는 그러한 기사 제목이 뜨지 않는다. 서브프라임 사태는 빠르게 진정세를 되찾았다.

안정세는 우리 그룹들에서 폭락한 기업 주식과 부동산들을 사들이며 종전의 가격대만큼 끌어올리면서부터 시작됐다. 어느 한 국가가 아닌, 전 세계에서 동시다발적으로 일어난 일이었다.

여러모로 기뻤다. 독재 정권과 기타 그 나라의 문제 때문에 구입할 수 없었던 토지를, 국제자연기금이라는 이름하에 거둬들이면서 던전을 추가로 확보하는 중인 데다가.

우리 그룹이 서브프라임 사태를 주도적으로 해결한 일은 그토록 바랐던 청신호로 여겨도 좋았다.

서브프라임 사태로 더욱 커져 버린 금융 제국에 대한 것이 아니다.

서브프라임 사태로 터져 버린 전 세계의 경제를 종횡무진해 왔던 우리 그룹의 엘리트 직원들을 말하는 것이다. 그들은 훈련되었고, 그들이 앞으로도 종횡무진할 수 있는 체계를 갖추었다.

상공에 게이트가 열리는 날에도 그럴 것이다.

세계 경제가 서브프라임 이상의 충격에 의해 나락으로

떨어질 때, 우리 그룹의 직원들은 세계를 다시 한번 구원할 것이다.

물론 그 전에 확고히 해 둬야 할 일이 있다.

전일 클럽의 안건 중 하나가 그것에 대한 것이다.

우연희와 나는 홍콩에서 서울로 들어왔다.

오늘은 5월 1일.

금년도에 처음 열리는 전일 클럽 회의까지 4일 남은 시점이었다.

"드디어?"

"그래. 드디어."

우연희는 당연히 기뻐하는 얼굴이었다. 모처럼 만의 휴식이니까.

공항에서 잡은 택시 기사도 즐거워했다. 그에게도 모처럼 만의 장거리 손님이니까.

작년의 약속대로 라스베가스는 아니지만, 새만금의 전일 리조트도 빠지는 구석이 없는 휴양지였다. 전통적인 아시아의 휴양지들뿐만 아니라 전 세계를 통틀어도 제일 큰 규모다.

기사가 그걸 언급했다.

"세계 최대라는 거 아시죠? 한 번씩 전일 그룹 가지고 말들이 많은데, 전일 그룹이 아니라면 어디에서 그런 걸 만들어 낼 수 있었겠어요. 안 그래요?"

"그렇죠."

우연희가 즐겁게 대답했다.

"부럽습니다, 손님들. 이참에 저도 눈으로나마 구경하겠네요."

"기사님은 안 가 보셨나 봐요? 개장한 지 꽤 됐다고 하던데요."

"사는 게 어디 마음 같나요. 그래도 지금처럼 손님들 같이 즐겁게 가시는 분들을 모실 때면 저도 함께 즐거워지니. 이런 맛이라도 있어야죠."

"저희들도 친절한 기사님을 만나서 더 즐거워지고 있는걸요. 감사해요."

"아이고, 말씀만이라도 감사합니다."

우연희는 내가 아닌, 다른 사람과의 대화가 오랜만이었다.

고속도로를 타는 내내 시시콜콜한 이야기들이 끊임없었다. 기사의 가족사, 우리나라 사회 정치, 그리고 직전의 공략지였던 홍콩에 대한 것들이 주를 이뤘다.

기사가 홍콩의 관광지와 먹을거리에 대해 물을 때면, 우연희는 진짜 거기에 들르고 먹어 본 사람처럼 이야기를 만들어 나갔다.

기사가 본인의 부인과 만났던 이야기를 풀어 나간 후에는 우리가 어떻게 만났냐는 질문까지 나왔다.

그가 보기에 우리는 커플이었다. 어느 돈 많은 집 자제들끼리 만난.

그러니까 해외 관광을 마치자마자 또 국내 리조트로 향하고 있는 것이다.

"저희가 어떻게 만났냐고요? 선생이고 학생이었죠."

우연희가 날 보며 장난스럽게 웃었다. 기사는 백미러로 나와 눈을 마주쳤다.

"아. 과외 선생님이셨구나. 아니면 교생 선생님?"

내게 묻는 거였다. 그러자 우연희는 깔깔거리면서 내 어깨를 쳐 댔다.

퍽퍽!

기사는 그렇게 눈치 없는 사람이 아니었다. 나는 그다지 대화를 즐기지 않았고, 그는 우연희에게 말을 걸며 다른 화제로 넘어갔다.

"눈 좀 붙이고 있을게."

내가 말했다.


갑자기 눈이 떠졌다. 즉각 반응해서 그럴 일은 없었지만, 일반 승객이었다면 조수석 뒷면에 그대로 얼굴을 처박았을 반동이었다.

"괜찮으세요?"

기사가 물었다.

"저흰 괜찮아요. 기사님은 괜찮으세요?"

"죄송합니다."

그렇게 말하는 기사의 목소리에는 분노가 실려 있었다.

우연희가 운전석 창 너머를 턱짓하며 말했다.

"저것들이 계속 시비 걸고 있어."

우연희의 목소리에도 불쾌한 짜증이 깃들었다.

다행히 사고는 나지 않았다.

충돌은 면했으나, 직전의 반동이나 앞 차량의 꽁무니가 바로 코앞인 걸 보면 정말 아슬아슬했던 것 같다.

앞 차량은 독일제였다. 삼각별이 달린 제조사 엠블럼이 부착되어 있다. 저 제조사는 제시카의 텔레스타 인베스트먼트에서 최대 지분을……

"계속?"

"갑자기 끼어들더니 의도적으로 속도를 낮췄어. 한두 번이 아니야. 기사님께서는 계속 피하시려고 하는데, 이번에는 또 급브레이크를 밟잖아. 박았으면 어쩔 뻔했어."

"거의 다 왔는데, 죄송합니다. 저쪽에서 잠시 쉬었다 가도 괜찮겠지요?"

화를 삭이는 기사의 목소리가 부들부들 떨렸다. 기사가 갓길을 가리켰다.

그때에도 뒤 차량들이 경적을 울려 대고 있었다. 갓길로 빠지기 위해선 앞차에서 조금 나가 줘야 공간이 생긴다.

기사도 있는 힘껏 경적을 울릴 순 있었지만, 우리를 의식해서 짧게 건드리는 수준에서 그쳤다.

그러자 기다렸다는 듯이 앞 차량의 운전석 문이 열렸다.

운전자는 어린 녀석이었다. 많이 봐 줘도 20대 초반을 넘지 못하는 철부지다.

쾅쾅.

녀석이 주먹 바닥으로 택시 운전석 창을 두드렸다.

기사가 창문을 내리며 먼저 말했다.

"뭐든 다 사과드릴 테니, 빠져나가게 자리 좀 만들어 주세요."

"사과한다는 사람이 그래?"

"예?"

"사과한다는 사람이 그러냐고. 운전 그렇게 거지 같이 할래?"

"제가 뭘 어쨌다고 그럽니까. 젊은 분께서 말씀이 지나치시네요. 어쨌든 제가 다 죄송하니까 그만둡시다. 먼저 가세요."

"그만두긴 뭘 그만둬. 당신 같으면 운전을 거지 같이 하는데 좋은 소리가 나오겠냐고."

그런 적 없어.

우연희는 그런 눈빛을 한 뒤 문을 열고 나갔다. 나도 따라 나갔다.

이차선 도로에서 일차선이 갑자기 멈춰 버렸다. 뒷 차량들이 경적을 울려 대던 것도, 녀석이 성깔을 부리자 알아서 피하기 시작했다.

리조트에 가까이 와 본 건 이번이 처음이었다. 장벽은 내가 요구했던 대로 견고하게 만들어져 있었다. 마치 지평선처럼, 한쪽 끝에서 한쪽 끝까지 길게 뻗어 있으며 흉물스럽지도 않았다.

페인트를 제대로 골랐는지 거슬리지 않는 푸른 빛깔이다.

"해도 너무한 것 아냐? 아버지뻘 되시는 분께 반말 계속할래? 문제가 뭐든지 간에, 기사님께서 사과하고 있잖아. 가라고."

"아. 별 같잖은 게 까부네."

"가."

"사람들 있으니까 눈에 뵈는 게 없지?"

"가라고. 큰일 나기 전에."

"큰일 뭐. 뭐. 뭐……."

녀석의 목소리가 확연하게 줄었다. 우연희를 내려다보는 눈빛도 어딘가 불안정해졌다. 그쪽으로 걸음을 옮기자 녀석을 노려보고 있는 우연희의 얼굴이 보였다. 내 동료라지만, 무서운 낯빛임에는 틀림없었다.

"어린애 그만 놔줘라. 여기서 이러는 것도 민폐다."

뒤따라 내린 기사에게도 다시 타라고 눈빛을 보냈다. 그렇게 사건이 정리되는 듯싶었다.

이번엔 녀석의 차량 조수석에서 내린 계집이 또 문제였다.

"사, 사람 치겠다? 우, 우리 오빠가 누군지나 알고 그래?"

우연희의 눈빛을 받고도 하고 싶은 말을 끝마친 것만큼은 칭찬할 만하다.

"누군데?"

녀석은 계집에게 대답하지 말라고 말하고 싶었던 것 같다. 하지만 계집이 한 박자 더 빨랐다.

"태일 그룹 외손자거든?"

"태일 그룹이 뭐 하는 곳인지는 모르겠는데, 할아버지 되시는 분께서 이러라고 일으키신 기업은 아닐 거야. 그렇지 않아?"

우연희는 계집을 무시하고 녀석에게만 뇌까렸다. 그런 다음 나와 눈을 마주치며 먼저 차 속으로 들어갔다. 기사도 탔고 나도 탔다.

녀석과 계집은 우리 차량을 노려보다가 차를 몰고 떠났다.

"태일 그룹이라고 알아?"

우연희가 물었다.

어깨를 으쓱했다. 내 기억에 없는 것을 보면 비중 있는 그룹이 아니다.

"죄송합니다. 휴게소에서 고속도로로 진입할 때, 먼저 보내 주지 않았던 게 기분 나빴나 봅니다. 제가 두 손님분 기분 망쳐 버렸죠?"

"저희는 신경 쓰지 마세요. 기사님이 제일 화나셨을 텐데. 하여튼 가정 교육 안 된 것들이 문제예요."

우연희가 대답했다.


리조트 풀장에서 녀석과 계집을 다시 마주쳤다. 사람은 그렇다. 순간의 감정대로 행동했다가 지나고 보면 후회한다.

녀석은 잠깐 우연희에게 압도당해서 꽁무니를 뺐던 것이 줄곧 마음에 걸렸던 모양이다. 우리를 발견하자마자 눈알을 부라리면서 다가오는 것을 보면 말이다.

"얼마 만의 휴식인데⋯⋯."

우연희가 중얼거렸다. 녀석이 몬스터였다면, 그 목은 진즉 날아갔다.

나는 일어서려는 우연희에게 고개를 저었다. 녀석이 다가오게 내버려 뒀다.

녀석의 조잡스런 시선은 내 전신을 훑었다.

육체적인 면으로는 도무지 어쩔 방법이 보이지 않는지, 그쪽 방면에 담겨 있던 녀석의 투지는 사라졌다. 대신 그 투지가 혓바닥에 담겼다.

"문신 잘 박았네. 쌍으로. 됐고. 어쩔래? 내가 나가야 하냐? 생각 잘 해라."

이런 유치한 상황, 계속 달고 있어야 해? 내가 끝내 놓을게.

우연희는 그렇게 질린 얼굴로 눈살을 찌푸렸다.

어차피 삼 일 후면 리조트에서 나가고 싶지 않아도 나가야 할 녀석이지만, 그 기간 동안 이 철부지가 눈앞에서 걸리적거리는 일이 때때로 있을 것 같았다.

여기는 VIP 전용 풀장이다. 다른 VIP 부대시설들에서도 녀석과 마주치겠지.

나는 녀석이 지껄이는 걸 무시하고, 지나가던 리조트 직원을 불렀다. 그리고 직원에게 당신이 데려올 수 있는 최고 직위의 사람을 데려오라고 했다.

"불러서 뭘 어쩌겠다고. 사태 파악 안…… 억!"

녀석이 복부를 쥐어 잡고 쓰러졌다.

녀석이 일으키고 있는 소란에 적잖은 시선이 우리에게 쏠려 있지만, 그래도 녀석은 혼자 복통이 난 것에 불과했다. 우연희만 복통의 원인을 알고, 안 됐다는 듯이 혀를 찰 뿐이다.

리조트 측 관리자를 기다리면서 제이미에게 전화를 걸었다.

〈 안녕하세요. 오딘. 〉

이제는 한국어 발음이 현지인에 가까워졌다.

내가 전 자본의 주인인 걸 알게 된 날부터, 제이미는 나를 더 어려워하고 있었다.

당연한 일이지만.

〈 먼저 들어와 있다. 〉
〈 리조트에 계신 거예요? 〉
〈 그래. 〉

〈 말씀해 주셨다면 제가 미리 가서 기다리고 있었을 텐데요. 바로 출발할게요. 〉

〈 전날에 맞춰서 들어와. 그보다 성가신 게 하나 있어서 말이야. 〉

〈 ……. 〉

순간 핸드폰 너머가 조용해졌다. 제이미가 무슨 생각을 하고 있을지 알 것 같았다.

하지만 그녀가 우려하는 일은 아니었다.

프랑스에 들어가 있는 자금으로 새로운 화폐 전쟁을 계획하고 있는 것도 아니고, 그녀에게 우리나라 정부를 보다 강하게 압박하라고 주문하는 것도 아니다.

〈 현재 언론사에서 다뤄지고 있는 우리 그룹에 대한 기사들은, 우리 그룹에 긍정적으로 작용할 수 있다는 판단하에……. 〉

〈 그 일이 아니야. 〉

〈 죄송해요. 즉각 시정하겠습니다. 〉

〈 그게 아니고, 말하기도 민망하군. 모처럼 먼저 들어와 쉬고 있는데 어린 녀석 하나가 성가시게 굴어서 말이야. 〉

〈 예? 어, 어린 녀석이요? 〉

〈 태일 그룹이라고 하는데 아나? 난 처음 듣는 이름이더
군. 〉

〈 잠시만요. 〉

약간의 잡음과 함께 '태일 그룹이 어디입니까? 어서요!'
라는 목소리가 멀리 튀었다.

그다음에 대답이 나왔다.

〈 태일 식품이라고, 리조트의 식자재에서 몇 종목 유통
을 담당하고 있는 업체가 있다고 합니다. 대현 그룹이 시
공사로 참여한 당시 대현 그룹 회장이 잘 봐 달라며 데리고
들어왔다 하네요. 〉

〈 그래? 〉

〈 오딘께서 겪지 말아야 할 일을 겪고 계신 점, 진심으로
죄송합니다. 조속히 처리할게요. 〉

녀석은 고개를 쳐들고 있었다. 뭔가를 간절히 호소하듯
떠듬떠듬 입술을 떼지만 차마 목소리를 내뱉진 못하고 있
다.

정확한 사정은 알 수 없으나, 대략적이나마 감을 잡은 얼
굴이었다.

그래. 이 얼굴이다.

구(舊)빌더버그 클럽 회원들.

조만간 그들이 전일 클럽의 회원 자격으로 내 앞에 모였을 때.

그때 만들어 댈 얼굴들이 바로 저 얼굴이다.

*　　*　　*

태일 그룹의 본사 빌딩에 난리가 났다.

대현 그룹의 비서실에서 연락받은 것이라고는 아무것도 없는데, 대현 그룹의 총수 주영진이 갑자기 찾아온 것이다.

그를 알아본 1층 부서 사람들, 그중에서도 부장급 인사들이 달려 나왔지만, 주영진은 눈길조차 주지 않았다. 주영진이 대동해 온 수행원들의 분위기도 심상치 않았다.

꼭 그 때문이 아니더라도, 주영진은 태일 그룹 사람들이 섣불리 말을 붙일 수 있는 인사가 아니었다. 주영진이 데려온 수행원들도 마찬가지다. 그들 대다수가 대현 그룹의 거물급 임원들이다.

하나같이 얼굴이 굳어 있는 그들에게 뭉쳐 있는 분위기는 압도적이었다.

그들이 엘리베이터 안으로 사라질 때까지, 태일 그룹 사람들이 할 수 있던 건 회장 비서실로 급히 연락을 취하는 것밖에 없었다.

"그걸 왜 지금 말해! 정신 나갔어?"

그 연락을 받은 비서실장은 정신이 아찔했다.

일사불란하게 대현 그룹의 총수를 맞을 준비를 해야 하건만 여유가 없다.

그는 비서실 직원들에게 뭔가 말하려던 것을 그만두었다.

회장실로 뛰어 들어갔다. 노크도 없이 벌컥!

"회장님! 대현 그룹의 주 회장님께서 방문하셨습니다. 지금 막 이리로 올라오고 계시답니다."

"뭐?"

별세한 대현 그룹의 창립주만큼은 아니지만, 그 자식인 주영진과도 인연이 제법 깊긴 했다. 그러나 사적으로나 그렇지, 공적으로 태일 그룹과 대현 그룹 사이에는 넘지 못할 벽이 수도 없이 존재했다.

김태일은 황급히 자리에서 일어났다. 그가 느끼기에도 주영진이 기별 없이 찾아온 연유는 결코 사적인 이유에서가 아니었다.

굽은 허리로 일어서던 김태일에게 비서실장이 재빨리 지팡이를 건넸다.

그때 주영진과 그의 수행원들이 밀물처럼 쏟아져 들어왔다.

"어르신!"

주영진의 목소리부터가 사나웠다.

김태일은 황망한 눈을 깜박였다. 눈을 한 번 깜짝일 때마다, 주영진이 대동해 온 인사들의 얼굴 하나하나가 그의 기억과 대조됐다.

이 자리에서 대현 그룹의 긴급 이사진 회의를 열어도 될 인사들이 모여 있었다.

'이미 그러고 온 건가? 이게 뭔 일이야⋯⋯.'

"우리 주 회장님께서 이런 누추한 곳까지 웬일이신가."

"어르신. 말씀해 보세요. 그간 제가 섭섭하게 해 드린 적 있습니까?"

김태일의 낯빛이 바로 어두워졌다.

그도 심상치 않은 일이 일어났다는 것을 직감할 수밖에 없었다. 그리고 그 일은 심지어 대현 그룹에서도 심각하게 받아들일 정도로, 예삿일이 아닌 것 같았다.

"없지. 없어. 나는 아직 들은 게 없네. 무슨 일인 겐가?"

"참 태평하시군요. 이럴 수 있습니까."

"일단 진정하고 차분히 말해 보게."

김태일은 겉으로만 태연했다. 정작 속은 곧 북망산천을

헤매도 마땅할 만큼 혼란스러웠다.

"태일 그룹이 우리 그룹 계열입니까?"

"아니네."

"어르신께서 우리 가족이십니까?"

"그건 아니네만 돌아가신 회장님과는……."

"회장님께서 살아생전에 어르신을 동생처럼 여기셨다는 것을 왜 모르겠습니까. 그래서 태일 그룹이 이만큼 클 수 있었던 것이고, 저도 어르신을 공경해 왔던 겁니다. 그런데 거기까지인 겁니다. 제 발목을, 우리 그룹을 붙잡고 늘어져서는 안 되지요."

"대체 무슨 일 때문에 그러……."

김태일은 말을 흐리며 주영진의 어깨 너머로 시선을 집중했다.

주영진과 대현 그룹의 이사진들도 그렇지만, 여기까지 직접 와서는 안 될 얼굴 하나가 눈에 띈 것이다.

"안녕들 하십니까."

새로운 인물이 등장했다.

주영진과 이사진들은 격분했던 표정을 지우기 바빴다. 그들은 막 도착한 남자와 인사를 나누면서 사과가 담긴 말을 전하기에 정신이 없었다.

남자는 전일 그룹의 박충식이었다.

김태일은 심지어 재통령 박충식까지도 굳은 얼굴로 나타난 걸 보고는, 이 사달의 원인이 더는 궁금하지 않았다.

끝났다.

눈앞의 세상이 깜깜했고 평생을 일궈 온 사업이 무너지는 소리가 천둥소리처럼 들렸다.

김태일의 위태로운 모습을 본 비서실장이, 김태일을 황급히 소파에 앉혔다. 그제야 사람들의 이목이 김태일에게 쏠렸다.

잠시 후 실내에는 김태일과 박충식, 그렇게 둘만 남았다.

"지금까지는 주 회장도 자세한 내막을 모릅니다. 어르신 사업체 때문에 우리 회장님께서 많이 화가 나셨다고만 알고 있지요."

'이번에는 전일 회장님까지?'

김태일은 늙은 머리를 되는 한도까지 굴려 보았다. 그래도 이해가 되지 않았다. 태일 그룹 전 계열사의 전 사업장에서 어떤 문제가 터진들, 전일 그룹의 여 회장 선까지 올라가는 문제가 있으려야 있을 수가 없었다.

그때 재통령 박충식의 입에서 난데없는 이름이 튀어나왔다.

"외손주 중에 최영수라고 있지 않습니까?"

가장 아픈 손가락이었던 장녀가 낳은 자식이기 때문이었을까.

김태일이 친손주와 외손주를 통틀어서 제일 애정을 쏟은 녀석이, 영수 그 녀석이었다.

부안으로 내려가는 차 안의 공기는 끔찍하리만큼 싸늘했다. 김태일의 장녀는 말도 붙이지 못했고, 사위는 경직된 자세로 등받이에 기댈 수도 없었다.

"너희들."

김태일이 말문을 열자 부부는 즉각 반응했다.

"내일 짐 싸라. 다신 너희들 얼굴 볼 자신 없다. 명절 때도 들를 것 없다."

"화가 나신 건 아는데, 꼭 그렇게까지 하셔야겠어요?"

"최 서방."

"예. 아버님 말씀대로 하겠습니다. 자식 하나 있는 거 그렇게 못나게 키워서, 뭐라 드릴 말씀이 없습니다. 죄송합니다."

"당신까지 왜 그래. 아빠. 전일 그룹이 고작 어린애들 문제로 나서기엔 이름이 있잖아요. 아빠가 생각하는 것만큼 큰일 나진 않을 거예요."

"그만해라. 세상 돌아가는 거 모르면 가만히라도 있어야지."

김태일은 다 죽어 가는 소리로 말했다. 또 화를 내기엔 이미 많은 진력을 써 버렸다.

"본보기가 있어야겠고, 대현 그룹이 제격일 겁니다. 안 그렇습니까?"

"대현 그룹은…… 상관없지 않습니까?"

"잘 아시는 분께서 왜 그러십니까. 설마 태일 그룹 정도로 본보기가 될 거라 생각하시는 건 아니지요? 그러게 이런 일 없도록, 집안 단속부터 잘하셨으면 오죽 좋았습니까."

김태일은 박충식과의 대화를 떠올렸다. 세상사 말년까지 살다 보니 한 인생의 성공에 큰 비중을 차지하는 건, 결국엔 운이었다.

난다 긴다 하는 잘난 녀석들도 타고난 운 앞에서는 순종하기 마련이었다.

고(故) 대현 그룹 주 회장과의 인연은 기업을 여기까지 일으킬 수 있었던 천운이었고, 장녀가 낳은 자식은 천운을 상쇄시킬 악운이었다.

김태일은 언제 북망산천에 묻힐지 모르겠다만, 그 날이 머지않았음을 직감했다.

천운과 악운이 만나 상쇄되었듯, 죽을 때에는 그저 빈 몸으로 저승길에 가는 게 인생 아니던가.

운이 다했다.

"최 서방."

"예. 아버님."

"어린 녀석들 문제라 치부할 수 있는 일이기 때문에 더 그래. 이만한 본보기가 또 있을까. 앞으로는 지금처럼 못 산다는 것만 알고 있게. 조용히 살아."

"죄송합니다. 그런데 아버님. 영수하고 싸운 녀석이 누굽니까. 전일 여 회장의 손님이라는 것만 알고 있지, 뉘 집 자제분인지는 모릅니다."

"박 이사도 말하기 껄끄러워하는 걸 보면 귀한 손님이긴 하겠지."

김태일은 그 말을 끝으로 입을 닫았다.

침묵을 실은 차가 리조트에 도착했다.

김태일도 그룹 계열사 중 하나인 태일 식품의 업무 차 리조트에 방문했던 적이 있었다.

그날에 리조트 영역을 둘러싼 거대한 장벽을 보고 느낀 첫인상은, 지금도 여전히 같았다.

세간의 평은 나쁘지 않았다. 하지만 김태일은 아니었다.

세상과 리조트를 단절시켜 놓은 저것은, 전일 그룹의 힘을 과시할 목적으로 만들어진 것 같았다. 정부에서 허가를 내준 것도 그러했다.

김태일은 사위의 부축을 받아 차에서 내렸다. 들뜬 관광객들과는 달리, 김태일의 가족들은 세상에서 제일 불행한 얼굴이었다.

주차장에서 가족들을 기다리고 있던 영수도 그 얼굴들을 제대로 보고 말았다.

"할, 할아버지. 제 말 좀 들어 보세요."

"이…… 이…… 썩을 놈!"

"예에?"

"네놈이 뭔 짓을 저지른지 알고 있기나 해?"

김태일의 지팡이가 높게 치솟았다. 퍽퍽. 퍽!

\*　　\*　　\*

단꿈 같은 삼 일간의 휴식이 빠르게 지나갔다.

우리도 썰물처럼 빠져나가는 관광객들 속에 있었다.

"아쉽다."

우연희도 다른 관광객들처럼, 리조트가 손님들의 예약을 사전에 차단한 이유를 내부 안전 공사 때문으로 알고 있었다.

"아쉽긴, 아직 끝나지 않았어. 서울에 돌아가서 마저 쉬고 있어. 가족들 얼굴도 봐야지."

"괜찮겠어?"

"쉴 때는 제대로 쉬는 거다."

"넌? 같이 안 올라가?"

"여기서 처리해야 될 게 있어. 끝나는 대로 서울에서 다시 만나지."

우연희를 먼저 올려 보냈다. 나는 변산반도의 작은 관광호텔로 숙소를 옮겼다.

혼자만의 시간이었다.

이튿날.

세계를 움직이는 인사들이 입국해 리조트로 들어가고 있는 시간에도 우리나라는 조용하기만 하다.

보도가 통제되기 이전에, 그들의 입국과 이동은 철저한 보안 속에서 진행되는 중이었다.

그날 밤 조나단의 메시지가 도착했다.


「 전원 참석했다. 」


어쩐지 조나단이 짓고 있을 조소가 눈앞에 어른거렸다.

절대 참석하지 않으리라는 듯한 태도를 보였던 무리들에

게서 단 한 명의 이탈자도 나오지 않았다.

당시에 로트실트에서 동일한 날짜로 맞불을 놓았다고 했지만, 로트실트는 그 후로 가장 먼저 고개를 숙이고 들어왔었다.

*　　　*　　　*

참석할 것 같지 않던 회원들까지도 참석했다.

*당신도 왔소?*
*그러는 당신은?*

새로운 회원이 도착할 때마다, 불편한 시선들이 매번 얽혀 댔다.

참석 여부를 두고 불참 쪽으로 입을 맞춰 뒀던 회원들 쪽은 더했다.

어쨌든 모두가 초대에 응했다는 건 결국, 한국계 자본에 의해 세계 질서가 재편됐다는 것을 뜻하는 바였다.

사실 누구도 나무랄 수 없는 게, 서브프라임 사태 직후부터 대세가 완전히 기울어 버렸다. 그래서 국제자연기금이라는 징세관의 수탈에 주머니를 열 수밖에 없었던 것이고.

처음에 회원들은 아이작 로트실트를 원망했다. 로트실트 가문 하나만의 문제가 아니라는 것은 알지만 원망의 대상이 필요했다.

그러나 그가 전동 휠체어에 의존한 채 나선후 그룹 사람들에게 먼저 다가가기 바쁜 모습을 보면서, 원망은 동정으로 변했다.

비참해도 저렇게 비참할 수 없었고, 비굴해도 저렇게 비굴할 수가 없었다.

'그런데 저게 현실이지.'

스탠리는 먼발치에서 아이작을 바라보며 담배를 피웠다.

'이제는 새로운 질서에 익숙해져야 할 때란 말이야. 젠장. 아시안에게……'

유독 그날따라 담배 맛이 썼다.

나선후 그룹 사람들과 마주칠 때면 아이작 같은 미소를 지어 보여야 하는데 생각만큼 잘되지 않았다.

생각해 보면 인류 전 역사를 통틀어도 나선후 같은 자는 없었다.

열두 살의 나이부터 불과 10년 조금 넘는 짧은 기간 동안, 대제국을 건설했다. 그 영향력은 전 세계에 미쳐 있었고 역사 속의 어떤 영광스러운 제국들과 견주어 봐도 손색이 없었다.

'가문 배경 없이 단 십 년 만에? 하!'

그렇게 씁쓸히 웃고 있던 스탠리에게 아이작이 다가왔다.

위이잉—

물론 전동 모터 소리도 함께였다.

"스탠리."

"아이작."

스탠리는 아이작의 시선을 따라 고개를 돌렸다.

그쪽 무리는 일라이자 무어, 미 연방준비제도의 신임 의장이 중심에 있었다.

나선후가 연방준비은행의 지분을 로트실트로부터 거둬들이자마자 연방준비제도의 꼭대기에 꽂아 넣은 인사로, 전에는 조나단 투자 금융 그룹의 이사진 중 한 명으로 있던 자다.

"자네와 콜롬비아 동문이었다지?"

이십 년도 지난 이야기였다.

스탠리는 평소 자신과 같이 일라이자의 일 처리 방식을 욕했던 회원들이 그 앞에서 웃고 있는 걸 보며, 어깨를 으쓱했다.

"예."

"그럼 부탁해도 되겠군."

"부탁이라니요."

"나를 소개시켜 주게."

당신은 로트실트입니다, 라는 말이 목구멍까지 차올랐다가 쑥 꺼져 버렸다.

스탠리는 그날 밤 잠자리가 영 사나웠다.

생각이 많아졌다.

날이 밝으면 한국계 자본으로 통칭되는 나선후를 사진이 아닌, 직접 실물로 마주하게 된다.

그 앞에서 웃을 수 있을까? 비단 골드슈타인과 로트실트만 몰락한 게 아니라, 스탠리 본인의 가문 역시 많은 피해를 보았다.

직접적으로 나선후와 대척점에 있었던 적은 없었다.

그러나 그가 제국을 확장하면서 벌인 일들은 기존 연합 세력들의 성벽을 부수는 일이었고, 그럴 때마다 그 안에서 보호받고 있던 가문의 창고 또한 약탈당해야 했던 것이다.

어쨌거나 이번 회의는 그런 자리가 될 게 분명했다.

제국의 건설자가 부르면 그 앞에 무릎을 꿇고, 어깨에 내려주는 검날을 느끼며 성호를 긋는 자리다. 지금이 중세라면 말이다.

오후 1시가 도래했다. 스탠리는 회합장으로 이동했다.

'뭐야. 이건.'

자리 배치 상황이 이상했다. 원탁까지는 바라지도 않았다.

기존의 빌더버그 클럽 회의은 성당 구성과 동일했는데, 나선후가 준비해 둔 자리 배치는 계급을 나눠 놓은 의도가 다분했다.

나선후 그룹 사람들이 앉기 시작한 대열과, 뒷 대열 사이의 거리가 멀었다.

스탠리는 당황한 눈으로 자신의 명패를 찾아 두리번거렸다. 나선후 그룹 사람들을 제외한 모든 회원들이 그랬다.

후!

스탠리는 중간 대열에서 자신의 명패를 발견하고는 안도의 한숨을 내쉬었다. 그는 양옆에 앉은 회원들과 눈빛을 주고받은 다음 입술을 다물었다. 조금의 웅성거림도 없었다.

그러고는 단상 뒤로 닫혀 있는 문 쪽만 바라보기 시작했다.

끼이익—

문이 열리는 시점에서 모두는 기립했다. 그가 나오고 있었다.

숨이 막힐 듯한 커다란 공백이 찾아왔다.

사진에서 봤던 앳된 동양인 청년은 거기에 없었다.

참석자들 한 명 한 명을 쳐다보는 눈빛 역시, 돈이나 쫓아오던 자의 것이 아니었다.

엄숙한 분위기에도 불구하고 스탠리는 어쩐지 흥분을 억누를 수가 없었다.

줄곧 생각해 왔던 게 맞았다.

빌어먹을.

저건 정복자의 눈빛이 틀림없지 않은가!

Chapter 6.

바스락거리는 소리도 나지 않았다.

모두가 얼굴로만 나선후의 시선에 반응하고 있었다. 회원들은 속내와 관계없이 입꼬리에 미소를 걸고 두 눈으로는 자신을 어필하기 위한 눈빛들을 발산했다.

하지만 속일 수 없는 것은 그들이 풍기는 피로감이었다.

어제 최고급 리조트에서 보낸 하루가 몸은 편했을지언정 머릿속은 온갖 계산들로 복잡했던 거다. 게다가 나선후는 의장 단상에 오른 후부터 말없이 모두를 쳐다보기만 할 뿐이었다.

침묵은 무거웠고 스탠리는 덜컥 겁이 났다.

전신(前身)은 빌더버그 클럽이지만, 성격이 완전히 달랐다.

한 명의 정복자에 모두가 굴종해서 모여든 자리였다.

본래 왕좌의 주인이 바뀌었을 때가 가장 주의해야 할 순간이지 않은가?

스탠리는 되는 한 즐거운 상상을 했다. 그것으로 말미암아 본인이 짓는 미소가 자연스럽게 보이길 바라는 마음으로 말이다.

하지만 스탠리뿐만 아니라, 모두의 얼굴에서 미소가 확 지워졌다. 마침내 나온 선후의 첫마디 때문이었다.

"여기가 화합의 장이라 생각했던 분들이 있다면, 지금에라도 돌아가야 할 거요."

납득하고는 있지만, 그걸 당사자의 입에서 직접 듣는 건 또 다른 충격이었다.

그러나 대안이 없었다.

빌더버그 클럽이 해체되고 지금의 클럽 회의가 개최되기까지 1년.

그동안 빌더버그 클럽 내의 하위 조직, 그러니까 삼각 위원회, 라운드 테이블, 로마 클럽 등으로 빌더버그 클럽을 대신하려는 시도가 없었던 것은 아니다.

처음에는 그게 가능할 줄 알았다.

로트실트와 그들의 무리 그리고 북미 회원들의 반목이 극심할지라도 아시안 하나에 굴종하는 것보다 더 최악이 있을까.

그렇지만 새로 탄생한 제국의 황금 전차들을 위시로 제국의 영토가 세계 곳곳으로 확장되면서, 다른 조직들은 유명무실해지기 일쑤였다.

연합과 보복 따위를 계산하는 속도보다, 제국의 성장세가 더욱 거침없었다.

"여전히 우리가 단일 경제하에 세계 유일 정부를 목표로 하는 것은 맞소. 하지만 그 과정이 합의를 통해서는 아닐 거요."

끝내 정복자가 선포하고야 말았다.

\*　　　\*　　　\*

오딘은 세계의 정상들과 그들을 배후에서 움직이는 자들을 모아 놓고는 명령하고 있었다. 앞으로는 본인의 명령에 따르라는 명령을!

누가 저럴 수 있을까.

역사 속의 그 어떤 제왕이 저만한 힘을 보유할 수 있었던가.

전통적인 권력은 칼에서 나왔다. 그러나 권력은 점점 칼에서 화폐로 옮겨졌다.

그리고 그러한 격변의 시기에 소수의 가문들에게 금력이 집중되었다.

질리언은 빌더버그 클럽에 처음 들어갔던 날, 그들의 실체를 낱낱이 깨달았다.

그들이 만들어 낸 구도는 절대 깨지지 않을 철옹성이었다.

한데 거짓말처럼 산산조각 났다. 수백 년 동안 부를 독점하고 꾸준히 비대해진 그들이, 단 한 명의 한국인 청년에게 박살이 났다.

바야흐로 세계 경제가 한 권역으로 묶인 시대에 일어난 일이었기에 파장이 굉장했다.

과거에는 있을 수 없었던 권력이 단 한 명에게 집중되었다.

'이건······.'

신세계의 황제가 탄생하는 광경이었다.

질리언은 아찔하면서 동시에 공포를 느꼈다. 세계를 한 손에 거머쥔 절대 권력자의 탄생은 결코 신의 축복을 받을 일이 아니었다.

그만큼이나 절망적인 세계는 없다. 아무리 황제의 최측

근 중에 한 명으로 자신이 꼽혔다고 할지라도, 진실은 그것이었다.

더 끔찍한 것은 아무도 저 명령에 대항하지 못하는 데 있었다.

뒤 대열의 흑인 남자 중 한 명은 세계에서 최고로 강한 병력의 통수권자이면서 핵미사일을 날릴 수 있는 권한이 있지만, 그조차도 숨을 죽인 채 새로운 황제의 목소리에 귀를 기울이고 있다.

어쩌겠는가. 그가 그러한 힘을 가지게 된 지지 기반은 결국 월가로, 새로운 황제는 월가의 주인이기도 했다.

질리언은 줄곧 예상해 온 광경임에도 믿기지 않는 현실이라고 생각했다. 소수의 가문들에 의해 전 세계의 경제와 정치가 좌지우지되던 시절도 그랬는데, 이제는 일인 체제 하에서였다.

한 사람의 말이 곧 세계를 움직이는 질서로 굳어진다.

'세상에 이럴 수가.'

질리언은 빠르게 사람들의 반응을 살펴보았다.

뒤의 대열들은 대개가 자신과 같은 표정이었다. 경악하고 있되 입 하나 뻥긋하지 못하고 있다.

반면에 자신과 같은 대열의 사람들, 그러니까 조나단을 필두로 한 오딘의 진짜 사람들은 감격에 가득 차 있었다.

그중에서 가장 격한 사람은 조나단일 것 같았지만, 아니었다.

질리언은 조슈아의 얼굴에 물든 환희가 눈이 부실 지경이었다.

쿵! 쿵!

조슈아의 심장이 가슴 벽을 세차게 때려 댔다.

전대 가주의 신속한 결정은 본가의 운명을 결정지었다.

그때 오딘 아래 고개를 조아리지 않았다면, 본가는 로트실트 꼴이 났을 것이다. 그 대단했던 로트실트가 오딘이 일으킨 폭풍에 무너져 버렸는데, 로트실트의 가주는 폭풍 신 제단의 제사장을 자처하듯 굴고 있었다.

그런데 로트실트 가주의 처신은 모두가 동정하고 있을지언정 올바른 것이었다.

얼마 전에 오딘이 들려준 이야기가 있었다.

세상에 초자연적인 힘들이 잠재되어 있는 것이나, 괴물이 우글거리는 지하 세계가 존재하는 까닭에 대한 것들이었다.

'그 날이 오면……'

권력이 칼에서 화폐로 이동하였듯, 화폐에서 칼로 다시 이전될 수도 있다.

그런데 상관없다.

요는 어떻게 되든 오딘의 권좌에는 변함이 없다는 것이다.

금융 시스템이 유지되면 유지되는 대로, 무너진다 할지라도 오딘의 힘이 왼손에서 오른손으로 이동되는 것에 불과하다.

오딘의 왼손에는 화폐가 오른손에는 칼이 쥐어져 있으니까.

그때 오딘의 목소리가 울렸다.

"수긍하는 회원들은 착석해도 좋소. 아닌 분들은 뒷문으로. 얼마든지."

착!

모두는 자리에 앉았다.

\*       \*       \*

모두가 관심을 집중하고 있는 사안은 개회사 따위가 아니었다.

자리에 있는 이들이 선후에게서 눈길을 떼지 못하고 있는 건 맞지만, 모두의 생각들은 첫 회의 안건이 무엇이냐에 대해 쏠려 있었다.

그리고 회원들을 길들이려는 목적을 가진 안건일 거라는 게, 대다수의 생각이었다.

스탠리는 출혈을 감수하기로 했다. 설령 무리한 요구일지라도 일단은 저 오만한 정복자의 명령에 따라야만 한다.

국제자연기금처럼 새로운 기금을 발족하여 회원들의 가문 창고와 소속국의 국부를 강탈할 수도 있고, 아니면 기존의 국제통화기금(IMF) 같은 기금의 규모를 키울 수도 있다. 혹은 중국을 겨냥하는 사안을 시작으로, 회원들의 충성도를 확인할 수도 있는 일이다.

'뭘까.'

본격적인 회의에 앞서, 스탠리는 속으로 소리쳤다.

'제발 무리한 요구가 아니길!'

선후의 입술이 열렸다.

"첫 안건으로, 우리가 외계의 공격을 받았을 경우를 생각해 봅시다."

'뭐?'

모두의 예상을 빗나간 것을 넘어섰다. 심지어 시대를 역행하는 사안이었다.

최근 들어 중국이 우주 개발 역량을 과시하고, 우주 사업이 국가 정부 영역에서 민간 기업 영역으로 넘어가며 우주에 대해 관심을 가지는 것이 이해되지 못할 바는 아니나.

새로운 우주 사업도 아니고 외계의 공격이라니. 외계의 공격?

그런 사안은 미국과 소련의 이념 대립이 첨예하던 시절, 누가 먼저 우주로 진출하느냐를 두고 싸웠던 때에나 다뤄졌던 케케묵은 사안이다.

지금껏 엄숙하기만 했던 장내가 술렁이기 시작했다.

'도대체 무슨 생각인 거지. 어떤 의도가 있을 텐데.'

뛰어난 머리와 무지막지한 기세로 일거에 대제국을 건설해 버린 정복자가, 허투루 첫 사안을 그걸로 잡지는 않았을 것이다.

"……."

선후의 의도를 파악하려는 사람은 스탠리뿐만이 아니었다.

술렁거리던 장내가 빠르게 진정세를 찾았다. 조용한 가운데 눈빛들이 서늘해졌다.

스탠리도 똑같은 눈빛을 띠며 생각했다.

'외계의 공격 외에는 제 제국이 무너질 일은 없다는 거로군. 경고 같은 거다. 그러니 도전할 생각은 꿈도 꾸지 말라고.'

하지만 스탠리는 납득이 갔다.

만일 자신이 정복자의 위치에 있다면 회원들이 연합해서

할 반목 따위보다도, 저 광활한 우주에서 시작될 가능성이
차라리 걱정될 것이다.

대략적으로 추정해 본 제국의 자본력은 그 정도나 강력
했다. 스탠리는 방금 그 말이 정복자의 입장에서 내세운 첫
안건으로 손색이 없다고 생각했다.

'역시!'

스탠리는 결정을 마쳤다.

지금까지는 가문의 창고를 강탈해 간 약탈자였지만, 어
쨌거나 그는 새 제국을 세운 정복자가 되었다. 그리고 그가
세운 제국은 고작 몇 년, 몇십 년으로 깨질 제국이 아니었
다.

이제는 정복자의 눈에 들어야 할 때였고, 진짜 초대를 받
도록 노력할 때였다. 지금 같이 멀리 떨어진 뒤 대열이 아
닌 그와 코앞에서 마주 볼 수 있는 첫 대열로 말이다.

스탠리가 발언권을 얻기 위해 손을 들려던 그때. 그보다
먼저 들려진 손이 있었다. 아이작 로트실트였다.

"대규모 폭동 같은 무질서 시나리오가 발생할 경우 함께
다뤄야겠군요?"

어투는 과거의 로트실트답지 않았다. 스탠리는 눈살을
구겼다.

그가 말하려 했던 것을 아이작 로트실트가 먼저 채 갔다.

"일단은 외계의 공격에 한정해 봅시다. 나는 얼마 전 백악관을 통해, 과거 빌더버그 시절에 결의된 동 사안과 이를 가정한 미 행정부의 군사 작전들을 훑어볼 수 있었소."

몇몇의 고개가 북미 회원들에게 돌아갔다. 스탠리도 물론이었다.

책망 어린 시선이라기보단, 한발 늦은 것에 대한 후회의 눈빛이 담겨 있는 시선들이었다.

"그중에서도 전 세계의 금융 시스템이 마비되는 시나리오를 가장 우려하고 있소. 핵 사용과 마찬가지로."

스탠리의 눈이 가늘어졌다.

'압박이 아니라 그저 걱정이었나? 제국을 세우고 보니 몰락이 걱정되는 건가.'

나선후의 말이 이어졌다.

"외계의 공격에 의해 그런 일이 일어나는 경우도 막아야 하겠지만, 단언컨대 우리들 내부에서부터 혼란이 시작되는 일은 없어야 한다는 거요. 해서 지금 이 자리에서 결의해야 하는 사안은 그런 날이 와도, '은행을 비롯한 금융 시장의 창구'를 닫지 않는 것이오."

스탠리의 눈은 구겨진 이맛살 그대로 찌푸려졌다. 대다수가 그랬다.

'왜 저러지. 대체 무슨 의도로 저런 헛소리를?'

일반적인 상식으로는 납득이 되지 않는 말이었다.

그런 날이 오면 누가 은행 문을 닫고 싶어서 닫는가.

기존의 화폐 시스템이 유지되느냐 아니냐는 둘째 치고, 대규모 인출 사태가 자연히 따라오기 때문에 어쩔 수 없는 일이었다.

멀리 볼 것 없이 당장 작년 서브프라임 때만 해도, 대중들이 공포에 어떻게 반응하는지 잘 볼 수 있는 사례였다.

은행은 전산상의 예금액만큼 현금을 가지고 있을 필요가 없다. 각 나라의 정책별로 다르지만, 최대 10%의 현금만 보유하고 있으면 된다. 즉 예금자 중 10% 이상이 일시에 돈을 찾는다면 이는 곧 은행의 파산이었다.

회원들은 다양한 시선으로 선후를 쳐다보았다.

"새로운 클럽을 발족하면서 다짐한 게 있소. 외계의 공격은 하나의 사례일 뿐, 그 어떤 날이 와도 우리가 만든 질서가 무너지는 걸 방관하지 않을 거요. 만일 외계의 공격 같은 일이 일어난다면."

'일어난다면?'

"내 전 재산을 잃는 한이 있더라도 보증을 설 테니, 그날 대중들의 금융 거래를 막지 마시오."

순간 스탠리는 간담이 서늘해졌다.

외계의 공격이라는 비유를 들고 있지만……

정복자가 말하고자 하는 바는 결국에 그것이었다.

본인이 만든 질서를 무너트리고자 하는 자에겐 전력을 다해 응징할 거라는!

아니나 다를까.

정복자는 입장하면서 보였던 눈빛으로 회원 모두를 노려보고 있었다. 이를 어기면 정복자의 칼날로 그 목을 쳐 버리겠다는 눈빛이다.

'압박의 질이 다르구만……'

＊　　　＊　　　＊

조지 오웰은 그의 저서 [1984]를 통해 전 인류를 노예화하는 조직의 탄생을 경고한 바 있었다.

질리언은 빌더버그 클럽이야말로, 그것을 실현한 조직이라고 생각해 왔었다.

소설 속에서 다뤄졌던 '텔레스크린으로 대중들의 일거수일투족을 감시' 하는 일은 통신 기술이 발달하면서 더욱 음험하게 시행되고 있었고.

'엽기적인 고발 시스템으로 어린아이들에게 부모를 고발' 하도록 부추기는 일은 경제 권역의 세계화와 발달한 금융 공학으로 인해 광범위하게 적용되어 있었다.

막후에서 전 세계를 통제하는 천외천의 세계.

그것이 빌더버그 클럽이었다.

한데 그 빌더버그 클럽이라 할지라도, 한 명을 황제로 두는 일은 없었다.

회원들의 이권이 매해 상충하면서 합의점을 찾는 과정이, 빌더버그 클럽의 회의 도중에 벌어졌던 일이었다.

그러나 이번에는 달랐다.

빌더버그 클럽을 그대로 계승해 왔으나, 그 자리에 절대적인 권좌(權座)를 놓고 앉아 버린 한 명의 절대자 아래에서 회의가 진행됐다.

제시카가 질리언의 술병을 빼앗았다.

"당신은 생각이 너무 많은 게 문제예요."

제시카는 질리언의 집착이 디렉팅 부서에서 오딘에게로 옮겨졌다고 생각했다.

"전일 클럽 말이야……."

너무 위험해.

질리언은 뒷말을 삼켰다.

객실 어딘가에 자신을 지켜보는 시선이 있는 것만 같았다.

제시카는 질리언의 마음이 빤히 보였다.

"인류 역사상 세계를 지배하려는 시도가 처음 있던 일

은 아니죠. 오딘은 그걸 최초로 성공한 분이시고요. 알겠어요? 당신은 단지 놀란 것뿐이에요. 누구보다도 가까이서 봐 왔기 때문에라도 그럴 수밖에요."

"단지 놀란 것뿐이라."

질리언은 피식 웃었다.

월가와 시티의 금융 재벌들이 손실을 본 경우는 오딘과 맞붙었던 적밖에 없었다. 그 외의 분야에서는 모두 돈을 긁어모았다.

서브프라임 사태는 논외로 친다.

이제는 복잡하게 얽혀 있는 글로벌 금융 산업계인지라, 서브프라임 위기가 세계 경제 위기로 확대될 거라고 예상했던 사람은 오딘밖에 없었다.

하지만 그러한 경우를 제외하고 금융 재벌들은 막대한 돈을 벌어들였다. 그들부터가 세계의 금융 정책을 정하는 그룹의 구성원들이었고, 그 정보를 바탕으로 투자한다면 돈을 잃으려야 잃을 수가 없었던 것이다.

그런데 이제는 오딘이 그 룰을 장악했다.

"오딘의 부는 앞으로 더욱 빠르게 늘어나겠지. 그것도 매우 안정적으로."

"승자 독식의 세계에서 살아온 사람답지 않게, 왜 그래요?"

"그게 문제야. 오딘이 잘못된 선택을 한다면, 어떤 수단으로 오딘을 막을 수 있지? 지금도 이런데 10년 뒤에는?"

"다른 사람들은 몰라도 당신과 나는 오딘의 사람이에요. 오딘이 위험인물로 보여요?"

"모르겠어…… 그에 대해선 하나도."

그런 가정은 생각하기도 싫지만, 오딘에게는 하고자 한다면 세계대전을 일으킬 수도 있는 힘이 있었다.

세상사 모르는 일이지 않은가.

수천만 명이 희생된 1차 세계 대전이 단 두 발의 총성에 의해 발발했던 것도.

그 전쟁으로 말미암아 지속된 세계 경제 공황으로 인해 2차 세계 대전이 발발하게 될 것이란 것도, 그 시절에는 누구도 예측할 수 없던 일이었다.

질리언은 오딘이 회의 첫날 첫 사안으로 회원들에게 엄포를 놓았을 때가 지금도 선명했다.

그의 눈에서 꿈틀대고 있던 건, 다름 아닌 전쟁의 포화였다.

지금까지처럼 자본 대 자본의 충돌이 아니었다.

그 눈빛은 필시 제 야욕을 채우기 위해서라면 물리적인 공격을 감행할 수도 있는 자의 것이었다.

척. 척. 척.

질리언은 어쩐지 군홧발 소리가 들리는 것 같았다. 막후로 만족하지 않고, 세계 전면으로 등장한 독재자의 출현.

그날은 실로 끔찍할 것이다.

질리언은 그의 아내에게 자신의 속마음을 털어놓았다.

그러자 제시카가 웃음을 터트렸다.

"당신답네요."

"공상이 아니야."

"알아요. 하고자 한다면 할 수 있겠죠. 그런데 그걸 구태여 왜요?"

"중국과 러시아의 발전 속도가 비상하지. 이제 오딘의 손길이 미치지 않는 곳이라곤……."

제시카는 까닥거린 집게손가락으로 질리언의 입을 막았다.

"난 심각해."

"알아요. 하지만 어디가서 그런 소린 하지 마세요. 제게만 해야 하는 거예요. 알았죠?"

＊　　　＊　　　＊

그날 늦은 밤, 질리언을 향한 선후의 갑작스러운 부름이 있었다.

질리언이 선후의 객실로 들어갔을 때 한 사람이 먼저 와 있었다. 조나단이었다.

이미 둘의 대화가 꽤 진행된 상태였고, 조나단의 얼굴은 굳어져 있었다. 그의 언성 또한 조금 커져 있었다.

질리언이 들어온 시점에서 갑자기 소리가 잦아들며 불편한 공기가 감돌았다.

질리언은 조나단의 찌푸려진 눈살이 이해되지 않았다.

대체 무슨 일이기에 조나단이 오딘에게 저러고 있는 걸까? 새 시대의 황제에게?

질리언이 비어 있는 자리에 앉자, 조나단의 목소리가 먼저 나왔다.

"내 말은 하나도 통하지 않습니다. 질리언이 말려 줘야겠습니다."

"무슨 일이오?"

"자본을 정리하겠답니다."

질리언의 두 눈이 부릅떠졌다.

"성미 급하긴. 지금 당장이 아니야."

선후가 그렇게 대답했을 때, 조나단이 쥐고 있던 서류 파일은 질리언에게 넘어갔다.

두꺼운 서류 파일에는 그들이 세계 곳곳에 장악하고 있는 대다수의 기업 목록이 적혀져 있었다. 지금보다도 앞으로가 더욱 기대되는 기업들이 많았다.

주목할 점은 서브프라임 사태를 예측하며 당연히 폭락할 걸 알면서도, 계속 변동 없이 보유해 왔었던 주식들이란 것이다.

질리언은 파일들을 빠르게 넘겼다. 주식에 국한되지 않았다.

제국의 규모가 굉장한 탓에 전 자본을 다루기가 힘들어서 그 정도였지, 파일이 알려 주고 있는 바는 명백했다.

제국의 힘을 스스로 깎아 먹는 행위다!

제국에서 스스로 포기한 힘은 당연히 잠재적인 적들에게 흘러갈 것이다.

이제 막 태생한 제국이었다.

앞으로는 누구도 넘보지 못할 장벽을 쌓는 일만 남았는데, 왜?

왜?

"납득이 됩니까?"

조나단이 물었다.

동시에 선후도 말했다.

"16년도부터 천천히 시작해야 할 거다. 일시에 과도하게 풀어 버리면 서브프라임 이상의 세계 경제 위기를 촉발하는 사안이니까."

질리언은 선후의 바뀐 어투를 눈치챘으나, 그런 건 아무래도 좋았다.

'그러니까 왜?'

은행을 비롯한 금융 업체들은 고스란히 남겨 두고, 그 외의 시장에서 철수를 지시하고 있었다. 질리언은 감이 잡히지 않았다.

선후의 의도는 물론이고, 16년도에 이른 제국의 크기도, 그때부터 시작될 철수 규모도.

전부 다!

"전 자본의 규모를 파악하는 사전 작업만으로도 적지 않은 시간이 들 거다. 질리언. 조나단을 도와서 이를 완수해."

인류 역사상 최악의 경제 위기가 닥친다 해도, 말이 안 되는 지시였다.

많은 시장을 장악한 시점부터는 철수가 능사가 아니기 때문이다.

제국을 건설한 당사자가 그런 당연한 상식을 모를 리가 없었다.

생각건대, 그때 즈음부터 정리가 들어갈 규모는 1달러짜리로 전 지구를 도배해도 남을 수준이 아니겠는가. 그 많은 현금을 보유해서 어디에 쓰겠다고?

현금이 한 사람의 주머니에 담겨 있는 것만으로도 세계 경제 위기를 촉발할 사안이다.

선후가 이어서 언급하고 있는 게 바로 그 점이었다.

"현금이 계속 돌고 돌아야 한다는 것도 빠트려선 안 되겠지. 필요할 때 즉각 이용할 수 있게끔 체계를 갖춰 둬. 지금부터 시작해야 늦지 않을 거다."

선후는 조나단과 질리언 둘에게 말했다.

"지금까지 네 지시를 어긴 적이 없었어. 내가 이렇게까지 반발한 적이 있었다면 말해 봐."

"현금을 확보해둔들, 어떤 시장에서도 감당할 수 없을 겁니다. 무리하게 진입하려 했다간 출혈을 감수해야 할 거고요. 승패와는 상관없이, 오딘의 자본은 심각한 수준으로 축소될 거란 말입니다. 물론 클럽의 영향력 또한 동시에 상실하겠지요."

그날이야말로, 사상 초유의 화폐 전쟁이 될 날이었다.

질리언은 짧은 시간 동안 선후의 의도를 이해하려고 노력했다. 그러나 제시카의 말마따나 구태여 왜?, 라는 물음이 번지기 일쑤였다. 기틀에서 그친 게 아니라 이미 제국 전체가 완성되었다.

스스로 성벽을 무너트리면서까지 야인이었던 시절로 돌아가려는 이유는, 어떤 무엇으로도 설명되지 않았다.

그때 선후의 목소리가 무겁게 깔렸다.

"첫째 날, 그저 엄포라고 생각했을 거야."

또 그 눈빛이었다.

질리언은 선후의 두 눈에서 흘러나오는 소리가 들렸다.

척! 척! 척!

군홧발 소리.

"하지만 나는 엄연한 사실을 말했고, 그 날이 오면 현금이 많이 필요할 테지."

조나단은 덜컥 겁이 났다. 목소리가 두려움으로 떨렸다.

"대…… 대체 무슨 소릴 하고 있는 거냐……."

몰라서 묻는 게 아니다. 선후는 외계의 공격을 언급하고 있었다.

왜 그런 경우가 있지 않은가. 천재들이 망상에 집착하여, 누구도 이해 못 하는 편집증적인 행동을 시작하는 경우 말이다.

조나단은 선후가 그 순간에 보이는 눈빛이야말로, 천재의 광기라고 생각됐다. 그렇게 생각하니 도무지 납득할 수 없는 지시가 이해됐으며, 더할 수 없는 두려움으로 그의 온몸이 떨리기 시작했다.

소년이었던 선후의 지시에 따라 온갖 전쟁을 벌여 왔다. 밤잠을 자지 못하고 일에만 매달려 왔던 것이 지난 십 년이다.

그랬던 십 년의 공적이 외계의 공격이란, 되지도 않는 망상 때문에 무너지게 생겼다. 게다가 그런 망상에 집착해 버려 무서운 눈빛을 띠고 있는 선후의 정신 상태는 위험한 지경이었다.

조나단이 속으로 소리쳤다.

'안 돼. 이럴 순 없어! 정신 차려!'

질리언도 크게 다르지 않았다. 그는 침음을 삼키며 미간을 구겼다.

질리언과 조나단의 눈빛이 마주쳤다. 둘의 생각은 동일했다.

질리언이 먼저 입술을 떼려 할 때였다.

"둘 모두, 내가 왜 오딘이라고 불리는지 모르겠군. 보여주지."

빠지직.

선후의 말과 함께 튀어나온 것은 푸른 불꽃이었다.

둘 앞에 보고도 믿기 힘든 선명한 빛들이 튀어 올랐다.

빠지직. 빠지직—

현실에는 존재할 수 없던 것이기에 경이로웠고 경악스러웠다.

질리언은 의자와 함께 뒤로 나자빠졌다. 오딘의 몸에서

일어난 푸른 줄기들, 아름답지만 위험천만해 보이는 그것들은 천장 끝까지 닿아 있었다.

그리고 이 모든 게 환상이 아니라는 듯이, 푸른 줄기가 잠깐 스치고 지나간 천장 부분에는 커다란 그을음이 생성되는 것이었다.

마치 살아 있는 생물과도 같았다. 꿈틀거리되 그와 조나단 그리고 전자기기들을 피하며 공간을 일시에 장악한다.

그때 조나단의 온몸은 굳어 있었다. 만져서는 안 된다는 걸 직감했기 때문이리라.

질리언은 넘어진 채로, 조나단은 앉아서 굳어진 채로 선후를 바라보았다.

환상의 시작점은 선후였다. 그의 전신에서 푸른 불꽃이 튀면서 시작됐었다.

"세계를 구원할 준비가 되었으면 좋겠군."

빠지직!

"힘들다면 우리가 지나온 길을 돌이켜 보면 되겠지. 우리는 언제나 세계의 경제 위기를 발판으로 성장해 왔었다. 그리고 그 날의 위기는…… 사상 최악일 테지."

빠지직—

"우리는 그 날을 준비하는 거다."

\*　　\*　　\*

　"더…… 하시겠습니까? 헉. 헉."

　사내도 숨이 벅차긴 마찬가지였다.

　헬멧과 방검복 같은 거추장한 방어구들 속으로 습기가
잔뜩 배어 있었지만, 조나단의 허가가 떨어지기 전까진 지
금의 무장을 유지해야 했다.

　조나단은 헬멧의 안면보호창 너머로 시계를 확인했다.

　오늘은 여기까지였다.

　그것을 확인한 조나단이 먼저 제자리에 주저앉았다. 조
나단은 쥐고 있던 단검을 바닥에 내려놓고 헬멧을 벗었다.

　실전 같은 대결이었다. 땀이 비 오듯 쏟아지는 것은 당연
했고, 방검복 속의 티셔츠는 흠뻑 젖어 피부에 달라붙어 있
었다. 그가 방검복과 티셔츠까지 벗어던지자 잘 단련된 근
육이 드러났다.

　오랜 시간 공을 들여 만들어 놓은 그의 육체는 대결 상대
였던 사내와 견주어도 손색이 없을 정도였다. 근육의 부피
만 키운 것이 아니라 전반적인 균형이 알맞았다.

　훅. 훅—

　사내와 조나단은 말없이 숨을 골랐다. 그러면서 사내, 미
야기는 격한 취미에 과할 정도로 몰입하는 세계 제일의 부

호를 바라보았다.

미야기가 보건대, 조나단의 취미 생활은 한두 해 해 온 것이 아니었다.

그가 조나단의 저택에 들어온 건 반년 전이다.

그때에도 조나단의 육체는 완성되어 있었고, 킥복싱과 주짓수를 비롯한 격투 기술 또한 프로급이었다. 비단 그뿐일까. 제대로 된 특수부대 교관 아래에서 배워 왔는지, 단검술 또한 익혔으며 그 수준은 자신에 비해 결코 아래가 아니었다. 떨어지는 것은 하나, 나이에서 오는 체력적인 한계뿐이었다.

'부자들은 도무지 알 수가 없군.'

미야기는 속으로 혀를 내둘렀다.

반년 동안 매일 같이 조나단을 상대해 왔음에도 그의 광적인 취미 생활은 이해하기 힘든 것이었다.

더욱이 세계에서 제일 바쁜 사람이 매일 시간을 내서 자신을 단련한다는 것은, 의욕만으로는 되지 않는 일이다.

혹 신변에 위험을 느낀다면 자신 같은 사람들을 더 고용하면 되는 거였다.

이미 그러한 사람들이 저택의 보안과 경호를 담당하고 있지 않은가.

*　　　*　　　*

　조나단은 씻고 나왔다. 혹시나 싶어서 핸드폰과 이메일을 확인해 봤다. 오늘도 선후의 답신은 들어오지 않았다.

　마지막 답신을 끝으로 반년이 넘도록 소식이 없었다.

　타닥타닥.

　자리에 앉은 김에 최근의 진행 사항들을 보고서 형식으로 올렸다.

　벽난로 앞이었고, 그의 손에는 고용인이 가져다준 따뜻한 찻잔이 들려 있었다. 한계치까지 체력을 쏟아부은 직후라 온몸이 노곤했고 잠이 쏟아지지만, 할 일이 많았다.

　그는 차를 물리고 맥주를 요청했다. 두통이 일 정도로 차가운 맥주를.

　한동안 그의 서재에서는 타자를 치는 소리가 끊임없이 이어졌다.

　졸린 눈을 비벼 가며 중요한 사안 몇 가지의 처리를 마친 무렵이었다.

　기지개를 펴며 고개를 젖히는데, 인영(人影)하나가 방구석에서 잡혔다. 조나단은 재빨랐다. 테이블 뒷면에 부착되어 있던 권총을 쥐어서 상대의 심장을 정확히 겨누었다.

　거기에는 선후가 두 손을 들며 씨익 웃고 있었다.

"썬……."

조나단도 허탈하게 웃으며 선후에게 걸어갔다. 반대쪽 구석에서 다른 소리 하나가 나왔다.

"나도 왔어요."

조나단이 고개를 돌린 쪽에는 앳된 동양인 여성이 서 있었다.

조나단은 선후를 봤을 때보다 더욱 허탈한 웃음을 지었다.

"연희 씨를 볼 때마다 억울하단 말이야. 누가 우리를 동갑으로 보겠어."

"저는 조나단이 부러운걸요. 더 멋있어지셨어요. 중년의 미(美)요. 선후와 저로서는 겪어 보지 못할 매력이잖아요."

"그런 소리 말아. 조금도 위로가 안 되니까. 이 흡혈귀들."

"좋은 선물을 가져왔는데 또 그 소리냐?"

오랜만에 보는 친구들의 방문만큼 좋은 선물은 없지만, 때가 때이니만큼 조나단의 표정은 그리 밝지 않았다. 그의 얼굴이 느릿하게 굳어졌다.

그런 조나단에게 선후가 작은 천 주머니를 건네며 말했다.

"항상 차고 있어. 일부러 눈에 안 띄는 것들로만 담았다.”

조나단은 주머니의 내용물 중에서 반지 하나를 꺼냈다.
정교한 문장이 새겨진 것 외에는 시중에서 판매되는 반지
와 다른 점을 찾아볼 수 없었다.

하지만 이것이 어떤 물건일지, 조나단은 오래전에 들어
서 알고 있었다.

“그렇게 걱정스럽게 쳐다볼 것 없다. 빼앗기거나 잃어버
리는 일이 없도록 하지.”

조나단이 말했다.

“템발에만 의존하는 일도.”

“그래. 그것도. 바로 가 봐야 하는 게 아니라면, 일단 앉
을까?”

셋은 벽난로 앞으로 자리를 옮겼다.

모처럼 느끼는 안락함에 우연희의 몸이 자연히 기울어지
기 시작했다.

한숨 자 두라는 선후의 지시가 떨어지기 무섭게, 그녀의
눈이 닫혔다.

“아직도?”

조나단은 바로 잠들어 버린 우연희를 바라보며 물었다.
측은하다는 듯한 시선과 함께.

“그래. 노가다도 이런 노가다가 따로 없지. 진절머리 나

는군……."

선후는 머리를 쓸어 넘겼다. 조나단은 선후의 두 눈에서 조바심을 읽을 수 있었다. 잠시간의 침묵 동안, 모닥불이 타들어 가는 소리가 부쩍 커졌다. 조나단은 불쏘시개로 모닥불을 뒤적거리면서 말했다.

"그래서 시간을 맞출 순 있을 것 같아?"

"그럭저럭."

"오래 붙잡고 있을 순 없겠군."

"연락은 자주 있겠지만, 얼굴을 마주하는 건 오늘로 마지막일 거다."

"시간 참 빠르군…… 그 날 말이다. 09년도 전일 클럽 마지막 날, 네가 모든 진실을 보여 주었을 때가 지금도 생생한데 말이지."

거짓이 아니었다. 살면서 받았던 충격 중 제일 큰 것이었고, 당시의 광경이나 선후가 했던 말들이 하나하나 선명했다.

선후의 초자연적인 능력을 봤던 것도 그렇지만, 이어서 선후가 보여 줬던 괴물은…….

그 악마는…….

지금까지도 간간이 악몽의 주인으로 나타나곤 했다.

그 악몽을 꿀 때면 항상 침대보가 식은땀으로 축축하게

젖기 일쑤였다.

"아니라면 어떡하지?"

"뭐가."

"내가 각성하지 않는다면? 신세계에 적응할 수 있을까."

"그러니 기필코 성공해야겠지. 세계 경제가 무너지지 않는다면 우리 문명은 유지된다. 우리가 축적해 온 금력(金力) 또한 그렇지. 설령 각성하지 못한다 할지라도 그것만큼은 장담할 수 있다."

각성하지 못해도 대자본의 주인으로서 각성자들을 부릴 수 있는 위치에 서는 것이다.

선후는 그 점을 말하고 있었다.

"그런 의미로 네가 각성하지 않는다면 그 나름대로도 환영할 일이겠지. 하지만 조나단, 넌 각성한다. 그러니 시작의 장에 돌입하면 수단과 방법을 가리지 말고 어떻게든 살아남아."

"악독하긴. 끝까지 부려 먹겠다는 말을 좋게도 포장하는군……."

선후는 씁쓸하게 웃으며 대꾸했다.

"살아남는 데 자신이 생긴다면, 그때부턴 히든 보상들을 노려야 한다."

"히든 보상?"

그때부터 선후의 긴 이야기가 시작됐다. 일 막 일 장의 히든 보상인 '인벤토리 창'을 시작으로 최후의 장인 안식의 장까지.

선후는 자신이 겪었던 일은 물론, 시작의 장이 끝난 후에 알려졌던 히든 보상들의 정보를 상세히 풀어 나갔다.

우연희에게는 누누이 들려줘서 절대 잊지 않을 정도로 암기시킨 정보들이었다.

조나단이 피곤함을 느낄 새도 없이, 날이 밝아 오고 있었다.

"넌…… 마치 겪어 본 것 같군."

"내 능력 중에 하나니까."

언젠가 조나단이 진실을 깨달을 날이 있긴 하겠지만, 선후는 지금은 아니라고 판단했다.

선후의 마지막 이야기는 몇 번을 강조해도 모자란 정령들에 대한 것이었다.

"그것들은 시스템하에 시작의 장을 주관하는 것들이지. 그렇게는 보이지 않을 테지만, 그만한 힘을 허락받은 녀석들이란 걸 잊지 마라. 열 뻗치는 일이 많겠지만, 조나단."

"그래. 그것들에게 진심으로 대항하는 일은 없도록 하지. 내 능력이 누구보다 강하다고 자부할 수 있는 경지에 도달해도."

조나단의 얼굴은 더할 수 없을 정도로 심각하게 굳어져 있었다.

선후의 설명을 듣다 보면, 시작의 장이란 무대는 훈련을 위해서가 아닌 어느 절대적인 존재가 인간들을 조롱하고 거기서 가학적인 쾌락을 얻기 위해 만들어진 곳인 것만 같았다.

"현실이 어떻든, 그걸 이용해야만 한다는 걸 잊어선 안 돼."

선후는 몸을 일으켰다.

밤새 내린 눈으로 창밖의 세상이 새하얬다.

필시 아름다운 광경이었으나, 선후와 조나단에게는 조금도 그렇게 느껴지지 않았다. 해가 뜨면 언제 그랬냐는 듯 녹아 버릴 눈이다.

곧 다가올 날들이 그러하니까.

"신세계에서 다시 보자. 조나단."


\*　　　\*　　　\*


선후와 우연희가 돌아가고 난 뒤에도 조나단은 일에 매달렸다.

선후가 시작의 장에 돌입하기 전 던전을 돌고 있는 동안,

아직은 민간인인 그가 해야 할 것은 역시나 일이었다.

자본들을 즉각 사용할 수 있도록 조치를 취해 놔야 했으며 오늘도 불평과 불만 그리고 불안으로 가득한 이사진들의 메일에 답신을 넣어 둬야 했다.

사실 지금까지는 조나단의 휴가 기간이었지만, 그는 선후에게 진실을 듣고 난 이후로 제대로 된 휴가를 누려 본 적이 없었다.

조나단은 외투를 챙겨 입고 나갔다.

"어디로 모실까요?"

"백악관."

그것들에 꾸준한 경고가 필요했다.

언제라도 백악관 하나 정도는 날려 버릴 수 있는 자본력이 있다는 걸 또 깨우쳐 주기 위해서 말이다.

비록 세계 주식 시장에서 철수하며 기업들에게 미치는 영향력이 다소 줄어든 건 맞다.

그렇지만 은행을 비롯한 금융 사업들만큼은 세계 최대 규모로 완성시켜 어떤 세력도 넘볼 수 없는 절대 제국이 되었다.

'그런데도.'

작년 미 대통령 당선인이 한 새해 인사는 정적들을 조롱하는 메시지였다.

「 나의 많은 적, 또 나와 맞서 싸워 무참하게 깨져 무엇을 어찌해야 할지 모르는 이들을 비롯한 모든 분들에게 행복한 새해가 되길 기원합니다. 사랑합니다. 」

하지만 조나단이라고 왜 모를까.

클럽의 결의와는 달리 그가 당선되고, 작년의 새해 인사로 그런 메시지를 SNS에 올린 건 선후를 겨냥한 것이었다.

선후는 예상하기라도 한 듯 담담한 반응이었으나 조나단은 그때부터가 시발점이라고 여겼다.

백악관뿐만이 아니다.

전일 클럽 내부에 사조직들이 생겨나고 있었고 이는 엄연히 내부에서부터의 반란을 도모하는 움직임이었다. 옛날, 선후가 빌더버그 클럽을 장악했던 움직임과 비슷했다.

한쪽에서는 인류 구원이라는 원대한 목적하에 거대 자본과 인생을 처절하리만큼 쏟아붓고 있는데, 다른 한쪽에서는 제 욕심들을 채우기 위한 권모술수가 판친다.

이런 세상이라면 망해도 좋지 않을까, 라는 생각도 든다.

조나단은 열이 뻗치지만 일단은 참고 있었다.

그것들이 어떤 음모를 짜고 있다 한들, 전부 허튼짓으로 돌아갈 일이다.

또한 그들 중 상당수는 클럽에 잔존할 수 없을 정도로 쇠락의 길을 걷게 될 것이다. 일시적인 승리에 취해 있는 대통령도 마찬가지다.

조나단은 스마트폰을 조작했다.

그렇게 지난밤에 올라온, 미 대통령의 SNS 메시지를 확인하며 입술을 이죽거렸다.


「새해 복 많이 받으십시오! 우리는 다시, 위대한
미국을 만들고 있습니다.」

「모든 친구들, 모든 지지자들, 적들, 싫어하는 사
람들 그리고 심지어 정직하지 못한 가짜 뉴스 미디
어들까지도 행복하고 건강한 새해를 기원합니다!」


"아주 살판났군. 맘껏 지껄여라. 머저리들."


**2018년.**

**그 해가 밝았다. 시작의 해였다.**

Chapter 7.

그 날은 3월 초순이었다.

[ 축하합니다. 각성자 최초로 모든 능력치가 S 등급
을 달성 하였습니다. ]
[ 최초 달성 보상으로 첼린저 박스가 지급 됩니다. ]

두 눈을 부릅뜨고 휘황찬란한 광휘를 노려보았으나, 아
이템이나 인장이 아니었다.

2회 차 특전을 염두에 두고 있는 상황에선 사실상 꽝이
나 다름없었다. 첼린저 박스가 꽝이라니, 본 시대의 각성자

들이 들으면 통탄할 일이다.

나는 곧 이어질 메시지를 기다렸다.

시간이 예상보다 단축되었다면 좋았겠지만, 지금에라도 2회 차 특전 조건을 달성한 것에 기뻐해야 하는 게 맞았다.

그래, 그걸 기뻐하자.

시작의 장에서 허송세월을 보내지 않을 수 있는 것이다.


[ 2회 차 특전을 진행 하시겠습니까?

 * 보류해 두었던 박스는 소멸 됩니다. ]


그런가. 꼼수는 차단되었다.

그래도 이 순간이 오면 망설여질 거라고 생각했었는데, 나는 내가 생각했던 것보다 더 준비가 잘 되어 있었던 모양이다. 추호의 망설임 없이 승낙할 수 있었다.


[ 2회 차 특전이 진행 됩니다. ]

[ 축하합니다. 2회 차 특전 보상으로, 특성 '도전자'를 획득 하였습니다. ]


도…… 전자?

          \*        \*        \*


우연희는 시작의 장에 돌입하기 전에, 어떻게든 내 능력치를 최대한 올려 주고 싶어 했었다.

그래서 C등급 던전을 말했었지만 그건 절대로 안 될 말이었다.

내가 기존의 상식을 깨트릴 수 있었던 데에는 세 가지 조건이 맞아떨어졌기 때문이었다.

스킬발, 특성발. 템발.

우연희가 갖춘 것이라곤 템발밖에 없었다.

다른 각성자를 상대로 싸우는 것이라면 최적화된 그녀겠지만, 현재 우리의 적들은 던전 안에서 우글거리는 몬스터들이었다.

그녀에게는 나를 보호해 줄 탱킹 스킬이 없을뿐더러, 다수의 몬스터를 대상으로 한 전투 능력 자체에도 C 등급 던전은커녕 D급 던전도 버거운 상태였다.

아이템들로 내 능력치를 올린다 한들 한 등급뿐이라서 중간중간 정예 몬스터를 만날 때마다 내가 할 수 있는 것이라곤 뻔했다.

우연희가 빠르게 정리하기만을 바라며 깎여 가는 방어막 수치를 바라보는 것뿐이겠지.

아니, 개안 등급까지 리셋된 상황이니 방어막 수치를 판별할 수 있는 방법은 그것의 색채뿐일 것이다.

어쨌든 시간이 많지 않았다.

던전 공략을 중단해야 하는 시점은 3월 중순.

그때부터는 던전에 대한 미련을 모두 지우고 오로지 시작의 날에 몰두해야 해서, 남은 시간은 일주일이 전부였다.

그 후부터는 우리 가족과 내 사람들의 안전을 확보함과 동시에, 세계 경제가 맞이할 절체절명의 위기와 맞서 싸워야 하는 시기였다.

그래서 우리의 마지막 던전은 D 등급 던전, 하나였었다.

다음은 시작의 장에 가지고 들어갈 내 능력이다.


[ 이름: 나선후 * **2회 차** *

체력: E (0) 근력: E (5)

민첩: E (13) 감각: E (0)

누적 포인트 : 250

공적 : 2076

특성(9) 스킬(10) 인장(10) 아이템(10) ]


이제껏 시스템은 칠마제의 이름만 굵고 선명하게 강조했었다. 그리고 이제는 상태 창의 "*2회 차*"란 문구 또한 동일하게 다루기 시작했다.

그러나 내게는 한계치를 돌파한 특성, 스킬, 인장, 아이템의 9, 10, 10, 10의 문구 또한 또렷하게 보인다.

*　　　　*　　　　*

누구는 기회만 된다면 젊을 때로 돌아가길 소망하겠지만, 전일은 절대 아니었다.

열정을 다해 지금을 만들었다. 사회에서의 지위와 재산뿐만 아니라 항상 원만하게 유지해 온 부부 관계도 훌륭하게 자란 자식도.

다시 처음부터 시작하라면 이보다 더 잘할 자신이 없었다.

죽마고우들은 일찍이 은퇴했고, 전일 그도 그룹의 임원들 중에서 자의로 은퇴한 분들만큼 여유로운 말년을 보내길 바라고 있었다.

그룹 여 회장이 수차례 찾아와 중역으로 초대하고 있었으나 전일은 거부하고 있었다.

물론 그룹의 배려를 모르지 않았다.

마치 운명처럼 제 이름과 동일한 사명을 가진 그룹에 입사한 다음부터 누려 온 성공가도였다. 하지만 전일이 진정

그룹에 애사심을 갖게 된 까닭은, 그룹이 보여 온 배려 때문이었다.

이십여 년 전 그룹이 태동하던 IMF 당시에는 양심의 가책이 컸었다. 정체불명의 외국계 자금이 일순간에 이 나라 경제를 좀먹어 들어왔으니까.

그리고 일순간에 이 나라 경제와 권력을 장악했을 때. 그것을 깨달은 날부터는, 항상 서랍 안에 사직서를 넣고 살았었다.

전일 그룹은 나라를 침탈한 원흉이었다. 일제 시대보다 더한 수탈.

온갖 나랏돈이 외국인들의 아가리 속으로 빨려 들어가기 시작했다. 특히 전일의 양심은 그의 아들이 세계 자본 시장의 핵심으로 떠오르던 회사에 초청을 받았을 때 절정에 이르렀었다.

아들은 이 나라가 돌아가는 상황을 다 알 만큼 커 버렸다. 이 나라를 수탈하는 그룹의 초기 멤버로 일하고 있는 자신이, 아들에게 그렇게 부끄러울 수가 없었던 전일이다.

하지만 무턱대고 사직해 버리는 것도 못할 짓이었다. 시간은 그렇게 흘러갔다.

전일 은행에서의 업무에 매달렸다.

승진은 누구보다 빨랐고 최연소 은행장이라는 그룹의 전

폭적인 지원이 있었다.

사내 정치에 휘둘리지 않을 수 있을 정도로, 상당한 배려가 시작되면서부터였다.

한결같은 배려였다.

휴가철이 되면 여 회장이 직접 본사에서 찾아와 넉넉한 휴가를 제안하고, 본인의 가족뿐만 아니라 친지 식구들까지 챙겨 주는 모습을 보였다.

사실 여 회장은 그렇게까지 한가한 사람이 아니었다. 프랑스의 골드슈타인 그룹을 인수하면서부터, 전일 그룹은 이 나라뿐만 아니라 유럽을 주도하는 그룹 중 하나로 변모했다.

그럼에도 불구하고 여 회장이 보여 온 모습은 전일의 마음을 움직이기에 충분했다.

전일의 애사심은 당연했다.

그렇다고 그것이, 개인의 말년을 포기할 이유는 되지 못했다.

재통령 박충식 이사처럼 허리가 구부러질 때까지 일만 하는 삶은 싫었다. 지금까지 한눈팔지 않고 곁에 있어 준 아내와 같이 늙어 가고 싶었다. 가능하다면 손주도 보고 싶었다. 은퇴한 동료들 그리고 죽마고우들의 SNS가 손자 손녀들의 사진으로 채워질 때마다 부러움이 커져 갔다.

그래서 전일은 은퇴를 결정했던 것이다.

여 회장의 초청에 응한다면 재통령이 밟아 왔던 자리가 자신의 것이 되겠지만, 더는 거기에 기쁨이 없었다.

재통령의 권세가 아무리 하늘을 찌를지라도, 자신 역시 그만큼은 아니나 남부럽지 않은 권력을 누려 보지 않았던 가.

돈도 죽을 때까지 다 쓰지 못할 정도로 넉넉한 데다가.

아들은 유산을 물려준다는 게 의미 없을 정도로 성공했다.

전일은 또 찾아온 여 회장, 제이미에게 웃으면서 말했다.

"후배들을 생각해서라도 떠날 사람은 떠나 줘야 하지 않겠습니까."

"하면 사외 이사직으로 자리를 마련해 보겠습니다. 한 번씩 그룹에 들르셔서……."

"회장님께는 언제나 감사한 마음을 가지고 있습니다."

전일의 미소는 더욱 밝아졌다.

"그렇게까지 마음을 굳히셨다면 어쩔 수 없는 것이겠죠?"

"말씀만이라도 감사합니다."

"그럼 이것이 마지막 지시가 되겠네요."

제이미는 서류 파일을 책상에 올렸다.

투명한 플라스틱 커버 안으로 보이는 것은 전일 리조트의 홍보 팸플릿이었다.

같은 그룹의 계열사이기 때문에라도, 리조트의 주거래 은행은 전일 은행이었다. 그 인수인계 작업을 일찍이 끝내 둔 전일이라서 서류 파일을 가져오는 손길이 무겁지 않았다.

그러던 전일의 눈동자가 흔들렸다.

그의 예상과는 달랐다.

두터운 서류 파일에 들은 전부는 전일 리조트의 숙박권들이었다.

"감사의 의미로 우리 그룹 차원에서 큰 자리를 마련하였습니다."

전일이 생각해도 큰 자리라는 말이 무색하지 않았다.

숙박 기간에 표기된 날짜가 100일이었다. 그러한 숙박권이 얼핏 봐도 백 장은 되어 보였는데, 최하 객실 등급이 VIP 영역 안에 있었다.

단순 계산만으로도 한 장당 일억의 가치가 있지 않은가.

"은행장님과 사모님의 친지분들, 친구분들, 그리고 사랑하는 모든 분들을 초청해 주세요. 거기에 들은 숙박권은 백 개뿐이지만 개수에는 개의치 마시고요."

제이미의 말이 계속 이어졌다.

"초청하시는 분들 중에 이 나라 기업에 종사하고 있는 분들께는, 우리 그룹에서 그 기간 동안의 유급 휴가를 보장하겠습니다. 자영업을 하시는 분들께는 전문 산정인을 통해 재산상의 피해를 입는 일이 없도록 하겠습니다."

"피, 피해라니요."

"그동안 우리 그룹을 위해서 노고가 많으셨습니다. 은행장님."

전일의 눈시울이 뜨거워졌다. 여 회장이 보여 주고 있는 배려는 단순히 금액으로 환산할 수 있는 것이 아니었다.

전일은 민망할지언정 눈물을 막을 수 없었다. 눈시울만 뜨거운 것이 아니라 가슴 전체가 뜨거워져서, 금방이라도 복받쳐 오를 것만 같았다.

"감…… 사합니다만……."

"잊지 않으셨죠. 이게 은행장님의 마지막 업무입니다. 반드시 진행하세요. 은행장님이 반려하신다면, 제가 직접 처리할 거예요. 하지만 제가 처리하는 데에는 한계가 있겠죠."

전일을 말을 잇지 못했다.

"아…… 이걸 빠트렸네요. 미성년자의 출석 문제와 학업 문제도 우리 그룹에서 지원할 거예요. 그 외 리조트에 머무는 동안 예기되는 문제들 역시 우리 그룹에서 전폭으로 지원할 테니, 은행장님."

"예. 회장님."

"은행장님과 사모님께서 사랑하시는 분들과 그 가족분들을 우리 그룹의 리조트로 초청해 주세요. 우리 그룹을 대신해서요. 거부하셔선 안 돼요. 이미 리조트를 꽤 비워 뒀으니까요."

전일의 놀란 두 눈이 부릅떠졌다. 리조트를 비워 뒀다니!

\*　　　\*　　　\*

"그래서?"

미희의 목소리도 감격으로 떨리긴 마찬가지였다. 그녀도 은행장의 부인으로 살아오면서 어지간한 세상 돌아가는 데에는 머리가 깨어 있었다.

전일 그룹은 남편을 전폭적으로 후원해 왔으며 은퇴하는 순간에도 그랬다.

세상 어떤 회사에서 그럴 수가 있을까. 미희는 그 이야기를 하는 도중에 또 눈시울이 붉어진 남편을 따라, 함께 코를 훌쩍였다.

전일은 대답 대신 서류가방에서 서류 파일을 꺼냈다.

사실 지금까지 저축한 금액이 아니더라도, 아들이 매 분기 성과금을 받았다며 통장에 넣어 준 금액으로도 회사에서 지원하려는 일에 부족함이 없었다.

하지만 회사의 지원이 없었다면 이렇게까지나 많은 사람들을 일시에 초청하겠다는 생각은, 하지도 못했을 것이다.

사랑하는 사람 모두와 그 가족들까지도 모두 초청하라니.

긴 연휴와 그걸 누린 뒤의 일상까지도 보장한다니.

전일과 미희는 자신들이 사랑하는 사람 모두와 함께 한 공간에서 어울리는 상상을 했다. 그건 꿈에서도 있을 수 없는 일이었다.

미희는 손바닥으로 눈가를 쓸어내리며 물었다.

"선후는? 선후도 같이 가면 좋을 텐데……."

그때였다.

인터폰 벨 소리가 울렸다.

인터폰 모니터에서 보이는 얼굴은 다름 아닌, 둘의 유일한 아들 선후였다.

이 기쁜 날, 자랑스러운 아들이 돌아왔다.


\*      \*      \*


아직은 차가운 날씨라 썬 베드 쪽은 추위를 모르는 어린

이들의 차지였고 어른들은 난방이 갖춰진 부대시설 곳곳에
퍼져 있었다.

우리 부모님은 외가 분들과 함께 삼겹살 파티 중이시다.

어머니의 옆자리는 정희 이모였는데, 저분의 얼굴만은
선명하다.

세상 밖으로 나온 나를 받아 주신 것도 그렇지만, 본 시
대에서 저분을 찾기 위해 폐허가 되어 버린 땅들을 무던히
도 헤맸던 시절이 있었다.

전 친지 식구 통틀어 어머니께서 가장 애착을 느끼시는
분이다.

외할아버지와 외할머니는 내가 태어나기 전에 돌아가셨
다. 사실상 어머니의 어린 시절, 부모처럼 돌봐준 사람이
저분이셨다.

나는 조용히 자리를 떠났다.

리조트의 한 개 영역을 우리 부모님께서 초청하신 분들
이 차지하고 있지만, 다른 영역에도 리조트 손님들이 적잖
이 있다.

레볼루치온과 투모로우에서 보내온 그들의 가족들이 여
기에 먼저 들어와 있었다.

데스트니 연구진과 객사(客死)해서는 안 되는 우리 그룹
의 중요 인사와 그 가족들을 포함해, 직간접적으로 내 제국

과 얽혀 있는 사람들 모두!

그들 모두는 뜻밖의 휴가를 즐기는 중이지만.

지금 이 시각.

얼굴이 어두운 자들은 향후 세계 각성자 협회의 본관으로 이용될 저 빌딩 안에 운집해 있다.

줄곧 조용한 것을 보면 이만 걱정을 놓아도 될 것 같았다.

레볼루치온과 투모로우의 사전 각성자들은 서로 얼굴을 익히며, 시작의 장이 벌어지기 전에는 이곳의 보안에 대해서, 시작의 장에 돌입한 후에는 서로 협력할 것을 이야기하는 중이다.

「 어디서 만날까? 」

우연희의 문자가 들어왔다.

\*　　　\*　　　\*

"고마워."

우연희는 그 말부터 했다.

진심이 담긴 눈빛과 함께였다.

그녀에게서도 내 몸에서 나는 것과 똑같은 냄새가 풍겼다. 고기 구운 냄새와 소주 냄새의 농도만큼, 그녀는 안심된 표정이었다.

하지만 그것도 오래가지 못했다. 오랜만에 보는 그녀의 우는 얼굴이었다. 그녀가 소리를 삼키며 어깨를 들썩이기 시작했다.

"울긴 왜 울어. 이제 시작이야."

"우리…… 정말 다시 볼 수 있지?"

"그 안의 사람들에게 휘둘리지만 않는다면. 난 네가 준비됐다고 본다."

"만약에. 만약에 내가 돌아오지 못한다면 우리 가족들 잘 부탁해."

재수 없는 소리, 당장 그만두라고 하고 싶었다. 하지만 '최후의 장'의 난이도에 대해서 알고 있는 그녀에게 필요한 건, 따끔한 질책이 아니었다.

나는 한 손으로 그녀의 목을 감싸 내 가슴 쪽으로 끌어당겼다.

"우리, 다시 만날 수 있어."

그녀의 귀에 대고 차분하게 말했다. 조금도 동요하지 않는 내 감정이 그녀에게 전달되길 바라면서 말이다. 우리는 그 상태로 몇 분을 가만히 있었다.

하지만 우연희는 좀처럼 진정되지 않았다. 나는 문득 그 이유를 깨달았다.

그녀는 자신이 돌아오지 못할 경우보다도, 내가 돌아오지 못할 경우를 생각하고 있는 것 같았다.

"2회 차를 진행하고 있어도 일반 각성자들보다는 압도적인 우위로 시작한다. 템발을 제외하고서도."

운발이 좋다면 우리가 함께 시작할 수도 있다는 말은 삼켰다.

"레볼루치온과 투모로우를 완벽하게 믿어? 그들과 마주치면?"

"그럴 가능성은 희박해. 설령 그들과 마주친다 해도, 그때 즈음이면 난 일전의 능력치를 복구해 놨을 테고. 누가 누굴 걱정하는 거냐. 그럼 나도 우리 가족을 부탁한다고 말해 줘야 직성이 풀리겠어?"

"정말이지?"

"그래. 인마. 가서 어설픈 애송이들에게 휘둘리지나 말아. 적이라 판단되면 어떻게 해야 한다고 했지?"

"……."

"크기 전에 제거해. 내가 스즈키 자매에게 한 것처럼. 넌 할 수 있어."

우연희의 고개가 끄덕여졌다.

우리는 그녀의 차가 있는 주차장으로 걸음을 옮겼다.

시작의 장은 바로 열리지 않는다. 시작의 날, 그러니까 세계 곳곳에 게이트가 열리며 외계의 침공을 수차례 겪은 다음에서야 열린다.

우연희가 시작의 장이 열리기 전까지 있을 곳은 미국이었다.

외계의 침공을 가정한 미군의 시나리오를 여러 번 수정했고, 클럽의 결의를 통해 핵 사용을 원천 봉쇄한 것은 맞지만.

세계가 곧 멸망할 것 같은 광경 앞에서 최고 군 통수권자가 마음을 달리 먹으면 클럽의 영향력 따위는 안중에도 없을 수가 있었다.

그러니 우연희는 항상 미군의 군 통수권자를 시야에 둬야 한다.

만일 미군의 군 통수권자가 미친 짓을 벌이려 하면…….

그때에는 현 문물의 어떤 감시 체계로도 그녀를 볼 수 없을 것이며, 그녀가 보내는 이지스의 시선에서 누구도 발버둥 치는 것조차 할 수 없을 것이다.

그렇게 우연희는 우리 인류 문명의 마지막 보루였다.

*다시 만나자.*

*다시 만나는 거야. 꼭.*

창 사이로 교환한 그 시선이 우리의 마지막이었다.

*       *       *

우연희가 떠난 뒤 삼 일 동안, 나는 객실에만 있었다.

아버지께서 사방에 쌓여 있는 서류들을 보시고는 혀를 내두르셨다.

"쉬엄쉬엄해라. 다 지나가 보니, 건강만큼 소중한 게 없더라."

예전 같았으면 아버지께서 할 수 있는 조언을 하시려 했겠지만, 아버지는 간식만 주고서 바로 방을 나가셨다.

내렸던 창을 다시 띄웠다.

두 영역으로 분할된 화상 창 안에서 조나단과 질리언이 내 대답을 기다리고 있었다.

〈 근 십 년을 매달려서도 부족하다면, 더 많은 시간이 허락되었어도 부족하겠지. 이 정도면 우리가 준비할 수 있는 데까지는 최선을 다했다고 본다. 너희 둘은……. 〉

〈 동감이다. 월가가 폐장되는 일은 절대 없어. 내 목을

걸고서라도. 〉

〈 시티도 그렇습니다. 〉

〈 그럼 기다리는 일만 남았군. 〉

졸음은 조금도 오지 않았다.

곧 세계 곳곳에 게이트가 열리며 시작될 일들을 떠올리는 것이 최고의 각성제였다.

쿵쿵.

심장은 벌써부터 뛰고 있었다. 화면 속 두 사람의 얼굴도 초긴장 상태였다.

처음으로 던전에 들어갔던 때가 생각나는 긴장감이었다. 질리언은 입 안이 바싹바싹 타들어 가는지 물을 마시는 횟수가 늘어나고 있었으며, 조나단은 사무실 안을 서성거리기 시작했다.

잠시 후 조나단이 화면에 얼굴을 대며 말했다.

〈 미리 분위기를 조성해 놔야겠어. 〉

총만 있고 그것을 사용할 병사가 부족하다면, 그 전쟁은 시작부터 패한 것이다.

테러리스트들이 납치한 비행기가 세계 무역센터에 충돌

했던 날에도 그런 일이 비일비재했다. 월가의 트레이더들은 업무를 내팽개치며 아이들의 학교로 뛰어갔었다.

어쩌면 시간을 역행한 시점부터 지금까지 보내 왔던 세월들의 결과는, 조나단과 질리언의 통솔력에 달린 것인지도 모르겠다.

질리언도 화면 속에서 사라졌다.

남은 건, 화면 구석의 소형 칸 속에서 얼굴을 굳히고 있는 나뿐이었다.

밖에서는 오늘도 깔깔대는 친척 동생들과 조카들의 웃음소리가 들리고 있었다.

본 시대에서는 저 아이들의 목소리는커녕 얼굴도 볼 수 없었다. 행방불명된 이름보다도 남아 있는 이름을 헤아리는 게 더 쉬운 시절이었다.

그래서 저 웃음소리가 들릴 때마다 걱정이 드는 것도 사실이었다.

준비는 철저했지만, 어느 곳에서도 실수 없이 계획대로 돌아가야 한다.

한 곳이라도 삐끗하는 순간, 내가 그려 왔던 미래는 과거의 처참했던 전철을 밟을 가능성이 높았다.

뱅크런(대규모 인출 사태)을 버텨 내야 한다.

주식 시장은 모두에게 믿음을 심어 줄 만큼 견고한 모습을 보여 주어야 한다.

중국과 러시아 등의 독재 국가들은 어쩔 수 없어도, 적어도 내 손에 미치는 금융 시장의 톱니바퀴들은 이전이나 이후나 다름없이 돌아가야만 한다.

두근. 두근. 두두두두…….

호흡까지도 슬슬 눈에 띄게 빨라지기 시작했다.

훅. 훅.

인중을 스치는 콧바람이 뜨겁게 느껴졌다.

째깍. 째깍.

초침이 돌고.

틱.

시침은 분침과 함께 다음 칸으로 넘어갔다.

이윽고 과거의 역사적인 순간과 같은 시간에 시침과 분침이 겹쳐졌다.

아는가.

재앙은 너무도 조용하게 그리고 갑자기 다가온다.

바로 지금부터 세계 곳곳에 게이트가 열리고 있겠으나.

체력 좋은 어린아이들이 이 밤까지도 바깥에서 깔깔대고 있는 것과 같이 내가 머물고 있는 객실 또한 아무런 일 없이 조용하기만 하다.

인류의 역사를 오로지 이날의 이전과 이후로만 다루게

되는 사건이 시작됐다.

하지만 당장 객실이 무너지며 핏물이 허공에서 쏟아지고 있는 게 아니다.

그때.

〈 시작됐다! 〉

갑자기 화면에 나타난 조나단은 그렇게만 외친 다음 사라졌다.

나는 세계의 시황을 모니터에 띄워 놓고서 창밖을 쳐다보았다. 바깥에서 깔깔대던 웃음소리는 문득, 그 아이들의 이름을 부르짖는 소리들로 바뀌어졌다.

더 놀겠다고 투정 부리는 아이들을 혼내는 소리들은 그 다음이었다.

"선후야! 다행이다! 여보! 여기에 있었어!"

문이 발칵 열렸다.

"괴물들이 나타났대!"

아버지와 어머니의 휘둥그레진 두 눈 안에서야말로, 어머니의 말마따나 금방이라도 괴물이 튀어나올 것 같았다.

내가 떨고 있는 어머니의 어깨를 감싸며 자리에 앉히는 동안, 아버지는 텔레비전 리모컨부터 찾으셨다. 컴퓨터에

능하신 아버지지만 당신께선 경황이 없으셨다.

어머니께서 내게 당신의 스마트폰을 보여 주실 때에도, 화면이 제대로 보이지 않을 만큼 손을 떠시고 계셨다.

「 [국방부] 서울시 북동쪽 13km 지역, 경기도 화성시 남서쪽 9km 지역, 경상남도 통영시 북쪽 25km 지역, 전라북도 김제시 남동쪽 4km 지역. 미확인 생물체 다수 출현. 즉시 귀가하여 안전에 주의하시고 군경의 통제에 따라 주십시오. 」

"괜찮아요. 어머니. 아무 일 없을 거예요."

나는 어머니의 손을 꼭 잡아 주었다. 텔레비전 소리가 들렸다.

우리나라 채널이지만 당장의 영상 자료는 북미의 것을 따 오고 있었다.

멀리서 잡힌 영상이라도 이족 보행을 하면서 저렇게 굽어진 자세로 뛰어 대는 종족은, 데클란 군단밖에 없었다.

모두가 떨고 있었다. 내 손을 붙잡으신 어머니의 손도, 텔레비전을 바라보는 아버지의 동공도. 그리고 게이트에서 쏟아져 나오는 데클란 군단을 촬영하고 있는 카메라도.

"아버지."

아버지는 말없이 나를 돌아보셨다.

"많이 당혹스러우실 테지만 제 말 믿으시고, 어머니를 부탁드리겠습니다. 여기는 세계에서 가장 안전한 지역입니다."

밖에서 텔레비전 소리를 뚫는 큰 소리가 들리기 시작했다.

창밖 쪽이었고, 아버지께서는 창을 향해 뛰어가셨다.

"외국인들이 칼 같은 것들을 들고 있어! 이러고 있을 때가 아니야."

"아니에요. 아버지. 그 사람들은 우리를 지켜 줄 사람들입니다. 지금은 자세한 설명을 드릴 시간이 없습니다. 일단 저들의 통제에 따라 주세요. 곧 우리나라 군인들도 도착할 겁니다."

"세상에 난리가 났는데 일하고 있을 때냐."

"그러니까 해야 하는 겁니다. 지금 순간에 제가 해야 할 일이 많습니다. 부탁드리겠습니다. 아버지."

"저 외국인들은 대체 누구……."

내 간절한 눈빛을 보셨던 거다. 아버지께서 하시려던 말씀을 멈췄다. 그리고는 어머니를 감싸며, 어머니의 어깨에 머물러 있던 내 손에 역시 움켜쥐셨다.

"그래. 넌 해야 할 일을 하거라. 네 엄마는 걱정 말고."

그때에도 어머니의 스마트폰은 바쁘게 울리고 있었다.


「 [국방부] 서울시 서쪽 12km 지역, 미확인 생물체
다수 출현 」


*　　　*　　　*


세계 경제가 서브프라임 사태에 이은 유럽 재정 위기를
극복한 상태라, 사실상 악재가 끝나고 세계 경제는 다시 호
황을 맞이해야 했었다.

그런데 세계 경제는 조금도 나아지지 않았다.

침체기의 골은 점점 더 깊어지고 길어지기만 했었다.

일시에 수직으로 폭락하지는 않았지만, 세계의 주가 차
트는 완만한 하락 곡선을 그리며 끝 모를 침체기에 접어든
것이었다.

크리스 리는 그 흐름을 가장 빨리 포착한 헤지 펀드 경영
인이었다.

그는 자신의 성공담을 강연하는 자리에 있었다.

정확히 말하자면 조나단 투자 금융 그룹을 맹신하고 있
는, 세계의 부호들을 자신의 고객으로 포섭하기 위한 투자
설명회 자리였다.

"2015년까지 조나단이 매해 20% 이상의 수익금을 여러 분들께 정산해 줬던 것은, 그래요. 실로 믿기지 않는 일이 죠. 솔직해 말해서 업계에서는 그걸 신의 영역이라고 말합 니다. 매해 20% 이상의 꾸준한 수익이라니, 굉장합니다. 하지만."

크리스가 프레젠테이션 리모컨 버튼을 눌렀다.

그러자 조나단 투자 금융 그룹의 주력 헤지 펀드 수익률 차트가 곤두박질치기 시작했다.

어떤 것은 0%, 어떤 것은 -5%, 심지어 -20% 선까지 치 달은 것도 있었다.

"이것은 조나단이 여러분들에게 수익을 안겨 드릴 마음 이 없다는 증거입니다. 더 이상은 말이지요."

이쯤에서 반응이 와야 했다.

그런데 부호들의 눈빛은 달라지지 않았다. 애인의 손에 이끌려 지루한 다큐멘터리 영화를 보고 있는 듯한 그 반응 에는, 조금의 균열도 없었던 것이다.

크리스는 이해할 만했다.

지난 십여 년간 조나단이 이들에게 안겨 준 수익은 두 해 의 손실을 거뜬히 메우고도 남았다. 뿐만 아니라 조나단부 터가 '텐 트릴리언 맨'이라고 불리는 자였다.

텐 트릴리언(Ten trillion).

10조 달러.

그것도 구골, 나노 소프트, 나일, 페이스노트 같은 명확하게 추정 가능한, 북미의 기업 공시를 통해 알려진 자산 규모였다.

크리스도 그것이 빙산의 일각이라는 것을 모르는 바가 아니다. 조세 피난처 어쩌면 떳떳하게 뉴욕 등지에도 조나단의 유령 회사들이 존재하고 있으며, 거기에는 지금까지 처분한 자산들이 잠들어 있을 것이다.

하물며 연방준비제도가 조나단 투자 금융 그룹의 출신들로 채워진 것도 오래전의 일이었다. 미 정부가 그것들을 손본다는 것은 있을 수 없는 일이었다.

조나단 투자 금융 그룹의 금권(金權)은 법치 국가의 영역을 뛰어넘었다. 거기에 도전하고자 한다면, 사상 초유의 사태가 일어날 것은 자명한 사실이다.

"그럼 하나 묻겠소. 조나단이 주식 시장에서 철수한 이유를 뭐라 생각하시오?"

"엄밀히 말하자면 완전한 철수라고 볼 수는 없습니다."

압도적 최대 주주에서 대주주 정도로 물러난 것이다.

'만일 그 지분까지 전량 처분했다면…….'

크리스는 생각만 해도 끔찍했다.

하락세에 베팅했던 자신의 수익률은 당시보다 더한 폭발

력으로, 조나단이 아시아 외환위기 당시에 터트렸던 잭팟과 견줄 수도 있었을 것이다.

하지만 정말 그런 일이 일어났다면 세계 경제와 함께 인류 문명도 백 년은 뒤로 후퇴했을 일이었다. 그러면 수익률이 다 무슨 소용이란 말인가.

화폐와 주식 채권 등은 한낱 종이 쪼가리에 불과해졌을 것인데?

그나마 조나단 투자 금융 그룹에서 꾸준한 프로그램 거래로 완급을 조절했기에 다행이었다.

개인적으론 존경스럽고 한 명의 시민으로서는 경악할 일이지만, 조나단 투자 금융 그리고 질리언 투자 금융 같은 거대 자본 세력들은 손가락질 한 번으로 세계를 갈기갈기 찢을 능력이 있었다.

"이 정도면 충분히 철수한 거고, 크리스도 거기에 베팅했던 거였소."

"그렇습니다."

"그러니까 궁금한 거요. 조나단이 철수한 까닭 말이오. 크리스의 브리핑 자료를 다시 봐 봅시다. 조나단뿐만이 아니었소. 질리언 투자 금융 그룹, 텔레스타, 골드 앤 실버, 카르얀 그룹 등. 그들이 2년에 걸쳐 주식 시장에서 철수해 왔었던 데에는 일종의 협약이 있었던 거요. 크리스."

"네."

"전일 클럽에 대해 아시오?"

"알고는 있습니다. 그리고 무슨 말씀을 하시려는지도 알 겠군요. 반면에 로트실트 그룹과 실버만 같은 기존의 자본 세력들은 그 물량을 받아 왔습니다. 전일 클럽 자체의 결의 가 아닐 겁니다."

"크리스가 시장의 흐름을 읽어서 대박을 터트렸고, 그만 한 능력이 있는 사람인 건 알겠소. 그리고 조나단의 주머니 에 들어가 있는 우리 돈을 노릴 만큼, 담력이 큰 것도 인정 하겠소. 하지만 말이외다. 내 보기에 당신은 아직 어린아이 요. 성인들의 세계를 모르지. 막 쥐어진 막대 사탕이 너무 달아서, 그걸 누가 준 것인지도 까맣게 잊고 있다는 거요."

조나단에게 투자하고 있는 부호들은, 크리스가 예상했던 것보다 더 단단했다.

"다 맞는 말씀입니다. 하나는 틀렸지만 말입니다. 그 막 대 사탕, 쥐어진 것이 아니라 제가 빼앗아 온 것입니다."

"하하. 그렇소? 아직 내 질문의 답을 듣지 못했소."

"조나단과 여러 자본 세력들이 시장에서 철수한 까닭은 제게 중요하지 않습니다. 아시다시피 중요한 건 시장의 흐 름입니다. 그들이 세계 경제에 암흑기를 가져올 만큼 꾸준 한 매도세를 유지하고 있으며⋯⋯."

"거기에 편승하겠다는 생각에는 이견이 없소. 우리가 시간을 쪼개서 이 자리에 나온 연유를 아직도 모르겠소?"

크리스는 깨달았다.

부호들의 마음을 돌리는 방법은 하나밖에 없었다.

조나단을 위시로 한 자본 세력들이 시장에서 철수하고 있는 까닭!

그것을 들려줘야 하는데, 크리스라고 추측되는 바가 있을 리 없었다.

자본 세력들이 호황기가 뻔히 보였던 세계 경제를 짓누른 연유가 대체 뭘까? 자신들의 엄청난 손해를 감수하면서까지?

금융 업계의 생리를 역행하는 일이었다.

"답답하기는. 우리는 크리스가 소스를 알고 있다고 생각했어요. 전쟁 말이에요!"

'전쟁이라……'

크리스도 한때는 그걸 생각한 적이 있었다. 자본 세력들이 철수할 규모의 전쟁이라면 최소한 세계 대전 급이 아니겠는가.

한 여성 부호의 입에서 적나라한 단어가 튀어나오자, 부호들의 눈살이 찌푸려졌다.

"전쟁은 아닙니다. 금을 비롯한 원자재 현물 시장의 움직임에 큰 변동이 없다는 게, 분명한 증거입니다. 까닭이 무엇이든지 간에 제가 여러분들의 계좌를 채워 드리겠습니다."

스크린 안으로 크리스의 투자 계획이 뜨기 시작했다. 공들여 만들었고 많은 숫자들이 굴러다녔다.

"업계에 유명한 명언이 있습니다. 일단 투자하라. 원인은 그다음에 알아보라!"

그러나 부호들의 반응을 살핀 크리스는 실패를 직감했다.

"음. 가능하다면 크리스에게 투자할 용의가 있긴 하네요. 그런데 아직 모르시는군요."

"무엇을 말입니까?"

"서브프라임 당시에 조나단이 게이트 규정을 손봤어요. 크리스에게 투자하려고 해도, 우리는 조나단의 주머니에서 우리 돈을 빼낼 수 없는 실정이란 말이죠."

'빌어먹을 자식들. 그럼 대체 왜 여기에 온 거야? 시간 낭비였어.'

크리스는 웃는 얼굴로 이를 악물었다.

"정말로 제가 전쟁 소스를 알고 있다고 생각하셨던 거군요. 다시 말씀드리지만 전쟁은……."

크리스의 말이 끊겼다.

우우우웅. 우우우웅──

건물 밖 상공에서부터 들려오는 그 소리는, 틀림없이 전투기 소리였다.


거드름을 피우며 앉아 있던 부호들이 일시에 자리에서 일어났다.

핸드폰 진동 소리는 시끄러운 전투기 소리에 파묻혔다. 그러나 장내의 모든 사람들이 일시에 핸드폰을 꺼내는 순간 크리스는 2001년, 월가의 새내기로 있었던 당시가 생각났다.

그 날도 이와 비슷했다. 하늘에선 전쟁을 알리는 소리가 들렸으며 사수를 비롯한 매니저들이 핸드폰을 든 채로 뛰어나갔다.

크리스가 스마트폰으로 속보를 확인하려는 속도보다도 걸려 오는 전화가 빨랐다.

크리스는 부호들과 함께 뛰어나가며 스마트폰에 대고 외쳤다.


〈 무슨 일입니까? 〉
〈 지금 어디십니까? 〉
〈 투자 설명회! 〉

〈 뉴욕 맞습니까? 브루클린 외곽으로 나가지 마십시오. 절대! 〉

브루클린 외곽으로 나가지 말라니, 여기가 브루클린 외곽이었다. 뉴욕 중심부로 조나단 투자 금융 그룹의 VIP를 초대하기에는 아무래도 걸리는 게 있어서 일부러 미팅 장소를 교외로 잡았던 것이다.

〈 괴물들(Monsters)이 나타났답니다. 〉
〈 테러? 〉
〈 테러가 아니고 진짜 괴물들입니다. 세상에, 씨발! 〉

지금 장난하냐고 물을 수는 없었다. 상대의 목소리가 심각한 데다가 상공의 전투기 소리는, 통화를 방해할 만큼 시끄러웠다.

쾅!

뭔가 부서지는 소리가 출구 쪽에서 났다.

꺅!

어떤 여자의 비명 소리도 함께였다.

크리스는 눈알부터 굴렸다. 대체 무슨 일이 벌어진 건지는 몰라도 심각한 사건이 발생했고 여기가 그 중심지라는 것만큼은 분명했다.

빌어먹을 무기가 될 것은 보이지 않았으나 몸을 숨길 만한 장소가 떠올랐다.

크리스는 그의 옆을 막 스쳐 가는 한 부호를 붙잡으려다가 말았다. 바깥이 위험하다는 경고를 해 주기에는 이미 늦었다.

어차피 몸을 숨길 수 있는 장소는 좁았다.

사람이 많을수록 위험에 노출될 가능성이 높았다.

〈 자세히 말해 보세요. 괴물이라면 사람이 아니라는 말입니까? 〉

대답이 없었다. 상대방 쪽에서 통화를 끊은 것이다.

"젠장!"

크리스는 부호들과는 반대편으로 뛰었다.

그런 크리스를 발견한 늙은 여성 부호가 크리스 쪽으로 방향을 틀었다.

"나도 같이 가요!"

하지만 크리스는 눈길 한번 주지 않았다. 말 한 번이라도 더할 힘이 있다면 달리는 데 쏟아야 했다.

그는 그가 생각했던 안전 장소에 몸을 구기고 들어가서

몸을 공처럼 말았다.

그러고는 옷 안으로 스마트폰의 불빛을 가리며 집게손가락을 움직여 댔다.

속보 영상이 재생되기 시작했다.

들판을 가로지르며 뛰어 대는 그것들은 진짜 괴물이었고 늑대인간을 떠올리게 하는 모습이었다. 무리를 지어서 포악스럽게 뛰어 대는 그 광경은 마치 조잡한 B급 영화의 한 장면처럼 보였다.

워싱턴 외곽에서도, 동부의 LA 외곽에서도. 미 전역에 괴물 떼가 동시다발적으로 나타났다.

낙하산에 매달린 중공군이 떨어지고 있다면? 복면 쓴 IS 대원들이 약속된 날에 침공을 감행한 것이라면?

차라리 말도 안 되는 그 상상이 오히려 더 말이 됐을 것이다.

"그럼 하나 묻겠소. 조나단이 주식 시장에서 철수
한 이유를 뭐라 생각하시오?"

크리스는 이제는 대답할 수 있었다.

빌어먹을 세계 권력자들은 지금의 사태를 16년도부터 짐작하고 있던 것이다.

그런데 그것도 말이 안 되는 게 현물 시장에는 변동이 없었다.

어찌 됐든 하나만은 분명했다.

자신이 엿 됐다는 사실!

시장의 흐름을 읽어서 냈던 대박은 없던 일이 될 것이다.

크리스는 덜덜 떨면서, 그러다 바깥에서 이상한 소리가 들리면 흠칫 놀라 스마트폰의 불빛을 감추면서 속보를 확인했다.

그런데 이상한 일이 있었다.

컨틴전시 플랜(Contingency plan)이 발동하여 증권 시장을 비롯한 금융 시장 일체가 중단되어야 할 일이었다.

전쟁에 상응하는 일이 벌어지면 당연한 수순이다.


「 만일 우리 SOB 은행의 주요 시설이 파괴되더라도 계좌 정보가 있는 전산 서버는 여러 곳에 분산돼 있습니다. 8.11 사태를 말미암아 예금 기록이 안전하게 보관되도록 조치되어 있습니다. 그러나 이러한 비상 국면에서 우리 그룹의 조치를 신뢰할 수 없다면 우리 SOB 은행의 지점을 찾아 주십시오. 여러분들의 소중한 자산을 찾을 수 있도록 총력을 다하겠습니다. 하지만 혼란은 더 큰 혼란을 가져온다는 점

을 알아 주십시오. 여러분들의 자산은 안전하며, 그
것의 주인은 여러분들입니다.」

"미친……."
크리스는 저도 모르게 육성을 터트린 입을, 황급히 틀어
막았다.

조나단은 미쳤다. 조금의 의심할 여지도 없이 미친 게 틀
림없었다.

뱅크런을 어떻게 감당하려고? 당장 컨틴전시 플랜을 발
동시켜 은행을 폐쇄해야 한다. 그게 위기 상황의 정석이다.

크리스는 혹시나 싶어서 증권 어플을 열어 보았다. 아니
나 다를까 '서킷 브레이커', 주식 시장에서 주가가 급등 또
는 급락할 경우 주식 매도를 정지하는 그것이 발동된 상태
이긴 했다.

하지만 총 3단계 중 1단계 발동이었고, 20분 후에 거래
가 재개된다는 공지가 있었다.

크리스는 미쳤다는 소리가 또 나왔다. 정체불명의 괴물
들이 미 전역뿐만 아니라 세계 전역에서 출몰하고 있다.

'이런 시국에서도 폐장을 안 해?'

어차피 망할 거 멈춰 뒤서 망하나, 지금 이대로 망해 버
리나 다를 게 없다는 뜻이 아니겠는가.

어쩌면 증권 시스템을 통제하는 기관이 괴물들에게 먹혀 버린 것일 수도 있었다.

증권 시스템은 프로그램이 짜여진 대로 그저 돌아갈 뿐이고…….

그 순간 크리스의 뇌리를 때려 온 생각이 있었다.

*조나단을 비롯한 자본 세력들이 비축한, 그 많은 돈들은 어디에서 무엇을 하고 있을까?*

크리스는 아무런 소리도 들리지 않았다.

그는 엄청나게 몰입한 상태에서, 증권 시장에 일시적인 제동이 걸리기까지의 거래 내역들을 살펴보기 시작했다.

사상 초유의 거래가 진행됐었다.

미친 듯이 팔아 대는 시장의 흐름이 있었고, 그것을 계속 받아 주는 역행 세력들이 존재했었다.

그들은 필시 조나단과 그를 추종하는 자본 세력들이었다.

그리고 그들은 괴물들이 일으킨 공포와 맞서 싸우고 있는 중이었다.

아아…….

크리스의 몸이 파르르 떨렸다.

'내가 뭘 보고 있는 거지?'

온몸을 휘감은 전율에 크리스는 자신이 몸을 웅크리고 있던 것도 잊은 채 허리를 세웠다.

"윽!"

머리 위의 구조물에 머리를 찧었다. 그러고 나서야 정신이 번쩍 들었다.

크리스는 가슴이 너무도 벅차올랐다. 괴물 군단의 세계 침공이라는 비현실적인 일보다도, 더 비현실적인 일은, 그들이 만들어 낸 공포에 맞서는 세계 자본 세력들의 저항이었다.

두두두.

가슴 벽을 쳐 대는 심장의 고동을 느끼며, 크리스는 결단을 내렸다.

어차피 저들이 패하면 전산상의 숫자는 돈이 아니라 그저 데이터에 불과해진다. 금고에 들어가 있는 화폐들도 불쏘시개로 이용될 일이었다.

"받아. 제발 받아."

크리스는 중얼거리며 통화 연결음에 집중했다. 하지만 가장 많은 권한을 가지고 있는 임원과는 연결이 되지 않았다.

그 아래 권한, 그 아래 권한을 내려가던 끝에 한 임원과
의 연결에 성공했다.

〈 보고 있죠…… 종말이에요. 〉

상대가 울면서 말했다.

〈 아니야. 우리들도 싸울 수 있어. 〉
〈 흑흑. 〉
〈 명심해. 우리 자산 처분하지 마. 내 허가도 없이 그러
고 있다면 당장 멈춰. 그리고 계좌에 남은 자금들 전부 이
용해서 주식 시장에 쏟아지는 물량을 받아. 얼마나 받을 수
있을진 모르겠지만. 듣고 있어? 〉
〈 듣고 있어요. 흑. 〉
〈 반드시 그래야만……. 〉

크리스는 입을 벌린 상태로 굳어 버렸다. 어떤 발소리가
들리고 있었다.

〈 반드시 그래야만 한다. 되는 한도 끝까지 물량 받아. 〉

대답도 듣지 못하고 전화를 끊어야만 했다. 위험한 발소리가 점점 가까워지고 있었다. 장내를 묵직하게 울리는 그 소리가 사신이 낫을 끌고 오는 소리처럼 들렸다. 실제로 동반되어 오는 쇳소리도 있었다.

크리스는 죽음을 생각했다.

하지만 얌전히 죽어 주고 싶지는 않았다.

영상 속에서 멀리서나 봤던 괴물은, 끔찍한 것이 분명하지만 최소한의 저항이라도 해 보다 죽을 것이다.

지금까지 월가에서 어떻게 살아남았는데!

"누구 없습니까?"

짐승이 울부짖는 소리가 아니었다. 사람의 목소리였다.

크리스가 놀란 얼굴을 바깥으로 빼냈을 때.

"거기서 뭐 하십니까. 빨리 나오십시오!"

처음으로 시선에 잡힌 건 큼지막한 군화였다.

Chapter 8.

"우리 그룹의 보유 지분들도 정리해야 하는 마당에! 지금에라도 취소하고, 현물 확보에 주력해야 합니다! 조나단!"

조나단은 이사진들의 항변에 대꾸하지 않았다. 그는 이사진들을 스쳐 지나갔다.

전산 프로그램의 발달로 컴퓨터 한 대가 과거 수백 명의 엘리트 매니저들이 하는 일을 담당하고 있지만,

그 프로그램을 운용하는 주체는 결국엔 사람이었다.

"모두 자리들 지키세요. 금융 시스템이 붕괴되고 나면 우리는 원시 문명과 다름없는 삶을 살아야 됩니다! 우리 문

명의 근간이 여기에 있다는 점을, 누구보다도 잘 이해할 여러분들입니다."

사전에 경호원들을 직원들의 자택과 그들의 자제들이 다니는 학교에 파견 보내 놓았다.

"새로운 문명과 격돌한 지금! 우리가 할 수 있는 일을 합시다."

직원들은 어리둥절했다.

그들은 상식이 깨져 버린 세상 속에 던져져 버린 기분이었다. 앉은 자리 저 먼 곳에서 군인들이 괴물들과 교전 중이란 것도. 그룹 계좌 속으로 십조 달러 단위의 현금들이 미친 듯이 쏟아져 들어오고 있는 상황도. 또 그 돈으로 휴지 쪼가리 운명이 예정된 세계 기업들의 주식을 매수하는 것이, 인류 문명을 지키는 일이라며 소리 높이는 조나단도.

모든 상황이 비현실의 연속이다.

조나단은 상황을 진정시킨 다음 그의 사무실로 돌아왔다.

선후와 모니터로 마주 보고 있던 김청수가 자리를 비켜 줬다. 조나단은 김청수와 눈빛을 교환하며 자리에 앉았다.


〈 젠장맞을. 정신이 하나도 없군. 서킷 브레이커 걸린 것 봤지? 미친 새끼들이 이 와중에도 컴퓨터 앞에 처 앉아 있

어. 실버만과 AP 머건 이 새끼들, 전량 매도로 엔터 쳐 놓은 거야. 개 같은 자식들. 〉

〈 3번, 4번 프로그램 권한 넘겨 봐. 일본 쪽이 붕괴되기 직전이다. 넌 런던 시티 쪽 계속 주시해. 조금 전에 런던 선물 폐장됐다가 풀렸어. 그쪽에서 매도 공세 시작될 거니까 준비하라고. 〉

〈 아이작 로트실트……. 〉

조나단은 이를 갈았다.

선후의 말은 사실이었다.

사상 초유의 사태가 와도 금융 시장이 유지되게끔 클럽의 결의가 있었고 각국의 법령을 개정해 놓았다. 그런데도 로트실트에서 시티에 압력을 가해 일시적인 폐장이 있었다.

그러다 다시 장을 개시한 까닭은 뻔했다. 간을 보고 있다.

이 새끼들이!

일반 대중들의 공포는 이해한다.

그들이 지닌 물량을 던져 대는 것은 자연스러운 일이지만, 적어도 지난 십여 년간 클럽 아래에서 이득을 누려 왔던 자들만큼은 그래선 안 됐다.

그 자식들은 오딘의 시대가 끝났다고 생각하는 것이었다.

조나단은 선후에게 몇 개 프로그램의 권한을 넘겼다. 런던 시티 쪽을 담당하고 있는 직원들을 불러서 주의를 주는 것도 잊지 않았다.

타앙! 타앙! 타다다당!

연달아 터져 대는 총성이 있었다.

조나단은 직원들이 반대편 창가 쪽에 몰려 있는 걸 확인하고 그쪽으로 뛰어갔다.

아래를 내려다보니 군인들이 도로 곳곳으로 산개하여 정찰 중이었고, 괴물로 보이는 시체 두 구가 쓰러져 있었다.

"앞으로 지긋지긋하게 볼 겁니다! 하지만 보는 바와 똑같을 테지요. 군인들이 잘 처리하고 있으니, 우리는 우리 일을 하면 됩니다."

조나단은 김청수에게 눈빛을 보낸 다음 사무실로 돌아왔다.


〈 두 마리가 아래에 죽어 있어. 〉

〈 운 좋게 거기까지 도망쳤나 보군. 〉


모니터 속 선후는 말을 하면서도 두 손을 꾸준히 움직이고 있었다.

〈 저게 운이 좋다고? 〉

〈 군인들을 믿어라. 지금 수준의 녀석들은 현 화력을 감당 못 해. 주요 도시의 중심부들은 조금의 타격도 없을 거다. 공포 때문에 시장이 박살 나는 게 문제지. 13번 프로그램 넘겨 봐. 〉


선후의 목소리가 살짝 떨리면서 나왔다.

선후가 긴장하는 모습을 처음 본 조나단도, 긴장이 걷잡을 수 없이 커지긴 마찬가지였다.


＊　　　＊　　　＊


코드명 오딘.

그가 닷컴 버블과 서브프라임 사태 때 긁어모았던 지분들을 정리하기 시작하면서부터 세계 증시 시장에서의 영향력이 줄어들긴 했다.

그럼에도 그 처분 자산은 숨을 죽인 채, 항상 회원들의 뒤통수를 노려보고 있었다.

그 때문에라도 전일 클럽 회원들은 아시안을 벗어난 새

로운 클럽을 꿈꿀지언정, 뜻이 맞는 회원들끼리의 밀약에서 그치기 일쑤였다.

회원들의 최대 관심사는 당연했다.

오딘이 처분한 자산이 어디에서 무엇을 하고 있는지에 대한 것과, 그것의 규모가 얼마나 크냐는 것이었다.

아이작은 혀를 내둘렀다. 오딘의 자본력은 끝이 없었다. 북미 시장에만 국한된 게 아니라, 전 세계 시장의 폭락세를 강제로 떠받들고 있는 그의 자본력에 대해선 달리 표현할 말이 생각나지 않을 정도였다.

서브프라임 사태 때에도 실로 대단했지만, 자그마치 외계 문명과의 충돌이라는 인류 문명의 역사적인 분기점 앞에서도 오딘은…….

'오딘스럽군.'

그 이름은 북구 신화의 신 아니던가.

인류 문명의 신.

그가 인류 외의 문명에 대적하고 있었다.

아이작은 텔레비전 속에서 날뛰는 괴물과 노트북 속의 차트를 번갈아 쳐다보면서 찻잔을 홀쩍였다.

화상 요청이 들어왔다.

요청자는 나선후, 즉 오딘이었다.

아이작은 지구가 멸망하는 순간까지 그의 옆을 지키겠다

는 듯이 굴고 있는 경호원을 내보냈다.

〈 아이작. 〉

오딘의 싸늘한 눈빛이 화면을 뚫고 나올 것만 같았다.

〈 오딘. 오랜만에 뵙습니다. 〉
〈 시간이 없으니 간단하게 말하지. 내가 이 세상을 망하게 놔둘 것 같은가? 현명한 선택을 해야 할 거야. 잊지 마라. 지금 기회를 주고 있음을. 〉

화상 연결은 그게 끝이었다.
하지만 아이작은 어쩐지 오딘의 잔상이 화면에 남아 있는 것처럼 느껴졌다.
오딘의 존재는 언제나 그랬다.
클럽에 모습을 보일 때면 어떻게 그런 눈빛을 가지게 됐는지 의문스러울 정도의 독살스러운 눈빛을 띠었고, 클럽 회의가 끝난 다음 날부터는 다음 클럽이 개최되는 날까지 그 눈빛이 머릿속에서 떠나질 않았다.
'괴물들이 창궐해도 여전하군. 조금의 빈틈도 보이질 않아.'

쿠우우우— 위와아아앙—

아이작은 창밖으로 고개를 돌렸다.

밤하늘 속에서 그것들의 모습은 보이지 않지만, 최소한 편대를 이룬 전투기들이 날아다니고 있는 게 분명했다.

그때 드레스너 로트실트가 들어왔다.

한 손에 권총을 들고 다른 한 손에는 노트북을 들고 있는 것이, 어떤 쪽으로든 전투 준비가 끝났다는 걸 보여 주는 모습이었다.

아이작은 생각했다. 로트실트라면 저렇게 의연해야 한다.

지구 종말이 닥치는 순간에도.

"조금 전 오딘이 경고하더군. 허튼짓하지 말라고."

"그래서 뭐라 하셨습니까?"

"아무 대답 못 했네. 내가 할 대답이 아니라고 생각했거든. 오늘부터 이 방은 자네가 쓰게. 참으로 오래도 걸렸지. 십 년이었나."

아이작은 그의 전동 휠체어가 있는 쪽으로 눈길을 보냈다. 드레스너는 아이작을 들어 전동 휠체어에 앉혔다.

"여기서 나가기 전에 들려줄 수 있나? 어떤 결정을 내릴지?"

"괴물들은 흉포하고 공격적이지만, 거기까지인 것 같습

니다. 세계 곳곳에서 소탕되고 있다는 소식이 이어지고 있습니다."

"언제가 됐든, 공포가 진정될 순간이 온다는 말이로군. 이를 기뻐해야 할지 슬퍼해야 할지. 자네는 어느 쪽인가?"

아이작이 쓰게 웃으며 물었다.

"이제는 가주께서 서브프라임 때 했던 결정이 이해됩니다."

"우리는 거기서 많은 걸 배웠지. 광대 같이 살아온 십 년이었어. 자네도 그러고 싶은가?"

"가운(家運)을 걸어야 할 겁니다."

"공포가 멎을 때 즈음이면 오딘의 주머니는 세계 기업들의 주식과 채권들로 가득 차 있을 거네. 공포가 멎지 않으면 오딘이나 우리나 같은 처지가 될 테지. 어느 쪽이든 우리에게는 좋지 않은 소식이야."

"공포가 멎을 거라는 데 베팅할 겁니다. 공포가 멎은 다음에는 물량을 받을 수 있는 기회가 다신 오지 않을 테니까요."

"공포가 멎는 때가 언제 올지는 아무도 모르지. 떨어지는 칼날이라는 것을 알면서도 받을 수 있는 건, 오딘이라서 가능한 거네. 우리는 팔다리가 잘려 나갈 게야."

"그러니 가운을 걸어야 할 때라 말씀드린 겁니다. 함께

하시겠습니까. 나가시겠습니까."

"저것만 보고 나가지. 말했듯이 이 방은 이제 자네 차지네."

드레스너는 아이작의 시선을 쫓아 텔레비전을 바라보았다.

괴물과 그것들을 토해 내고 있는 차원의 균열. 그 앞에 대치하고 있는 장갑 차량들.

하지만 아이작과 드레스너는 한 편의 영화를 보듯 침착했다.

괴물의 출현 따위는, 과거에 둘이 경험했던 가문 몰락의 순간에 비추어 본다면.

그렇다.

차라리 저 괴물 쪽에 현실성이 있었다.

\*　　　\*　　　\*

물량을 받아 주는 세력들이 늘고 있다. 로트실트 쪽인가.

내 경고를 심각하게 받아들였든 아니든.

그간 우리가 정리한 지분들을 흡수한 세력 중에 하나인 로트실트가 패대기치기를 멈추고, 도리어 내게 협조한다는 것은 매우 긍정적인 신호였다.

본시 그것들은 자기들 손으로 자기 자본 시장을 망가트린 족속들이었다. 아직도 많은 가문과 금융 재벌들이 그러고는 있지만, 하나둘 마음을 바꿔 먹기 시작하다가 일제히 내 쪽으로 돌아섰을 때.

그때가 공포가 진정되는 순간이다.

하지만 일찍부터 내 쪽에 붙은 녀석이 얼마나 되겠는가. 대다수는 모든 자산을 헐값에 처분하기 바쁘고, 아차 싶었을 때에는 그것들의 속성상 몬스터들에게서 느낀 공포보다도 더 큰 공포에 휩싸이고 말 것이다.

아이러니하게도.

인류가 최대의 위기를 맞이한 시점에서 자본 시장은 최대로 격렬해졌다.

모든 자들이 자기 자본들을 헐값에 패대기치고 또 패대기칠 때.

나는 사고 또 사 준다.

몬스터를 그저 텔레비전과 인터넷에서만 마주한 사람들이 겁에 질려 은행으로 달려가면, 그들이 도착하는 시간보다 먼저 은행 문을 열어 준다.

그들의 계좌를 막는 것은 이 사태를 해결하는 데 하등 도움이 되지 않는다. 오히려 평소와 다름없다는 것을 보여 주고, 믿음을 심어 줘야 한다.

너희들은, 그리고 너희들의 재산은 안전하다는 믿음을.

〈 급행으로 채권 받고, 우리 쪽에서 지급하는 것으로 돌려놓았다. 〉

조나단이 분이 섞인 목소리로 말했다. 그도 다시금 느끼고 있었다.

우리가 아니었다면 전 세계의 금융 시스템은 단 몇 시간만에 파괴되어서 다시는 가동되지 않았을 거라는 사실을 말이다.

세계의 금융 재벌들이 절체절명의 위기 속에서도, 오로지 돈 계산밖에 하지 않는다는 것을 말이다.

본 시대의 시작의 날은 그렇게 망가지면서 시작됐었다.

고작 F 등급 몬스터 떼에 놀라서 그것들을 처치한 다음은 생각조차 안 했다.

아니, 처치한 다음부터가 더 문제였었지…….

〈 그리고 습격이 그쳤다는군. 소강상태다. 알고 있지? 〉
〈 하지만 더 격렬해질 거다. 〉

조나단은 고개를 끄덕였다. 공포에 전염된 자들의 폭격

이 더 격렬해진다.

몬스터에 놀라서 가족들과 함께 어딘가로 뛰쳐나갔던 자들은 다시 집으로 돌아와 자산을 처분하기 시작한다.

월가의 매니저들은 회사로 복귀해서, 빨리 팔아 해치우라는 보스의 고함 소리에 시달린다.

우리는 반대로 소리치겠지.

사!

다 사들여!

전 지구를 다 사 버릴 기세로!

\*　　\*　　\*

틱!

　"경기도 화성시에서 미확인 생물체가 최초로 포착된 이후부터, 지난 일주일 동안 우리 군은 전국 각지에서 8차례의 교전을 벌여 왔습니다.

　이대성 기자가 교통 감시 카메라에 잡힌 영상과 군에서 제공한 영상 그리고 시민들이 제보한 영상들을 통해 정리하였습니다.

3월 17일 21시 34분. 경기도 화성시 톨게이트 부근 지상의 1미터 위 허공에서 균열이 생기는 움직임이 포착됩니다.

그 안에서 나타난 미확인 생물체들은 빠르게 달리는 차량을 피해 고속 도로 외곽의 야산을 따라 이동합니다. 23분 후 신속하게 출격한 우리 군과 교착 점에서 교전을 벌입니다.

현지 상공으로 출격한 우리 군의 F15K 등 전투기는 교전 상태가 해소되었다고 판단하여 서울로 방향을 틉니다.

3월 19일 09시 11분. 충청북도 진천군의 한 야산에서 미확인 생물체들이 내려오는 것이 목격됩니다. 마을 불빛을 향해 이동 중이라 판단한 제보자는 떨리는 목소리로 긴급 번호로 신고를 합니다.

같은 날 같은 장소 09시 29분. 우리 군 장병들을 실은 수송 차량이 도착하며 교전이 시작……."

틱!


"뉴욕 증시가 하락 기조 속에서도 강한 지지력을 보이며 세계 주식 시장은 안정을 찾아가고 있습니

다. 밤사이 뉴욕 증시는 기관의 꾸준한 매수세로 인
하여 반등에 성공했습니다.

　　오늘 코스피 지수는 0.51% 상승한 801.30에 거래
를 마치며 800선을 탈환하였으며……."


텔레비전 소리를 들으며 눈이 떠졌다.

대체 언제 잠들었던 거지?

제이미의 뒷모습이 보였다. 그녀는 침대 끝에 걸터앉은
채 텔레비전을 응시하고 있었다. 그러다 내 기척을 느꼈는
지 나를 향해 몸을 틀었다.

나는 텔레비전에 떠 있는 날짜와 시간부터 확인했다.

한편 제이미의 두 눈 속에는 그간 나를 향해 간직하고 있
던 두려움이 더 이상 보이지 않았다.

대신 이루 말할 수 없는 감격으로 젖어 있었다. 눈물을
글썽이고 있다.

"오딘이 아니었다면…… 아니었다면 이 세상은 어떻게
됐을까요……."

처음 보는 그녀의 눈물이 뺨을 타고 흐르기 시작했다. 그
녀의 어깨 너머로 뉴스 영상을 바라보는데, 나도 감격스럽
긴 마찬가지였다.

원래는 이렇지 않았다.

세계는 시작의 날부터 혼돈이었다.

일주일이 지난 지금에까지도, 증시 시황과 지난 일주일 간의 교전을 차분하게 브리핑하는 일 따윈 있을 수도 없었다.

그날의 텔레비전에서는 주야장천 선전 방송만 나왔었다.

정작 우리 예비군들은 몬스터와 대적하기 위해서가 아닌, 시민들의 소요를 막기 위해 투입됐었다. 은행, 대형 마트, 백화점 곳곳에 진을 치고 시민들을 몬스터처럼 대해야만 했던 과거였다.

내 생각은 조금도 틀리지 않았던 것이다.

그 날에도 세계 정부와 기존의 금융 재벌들이 공포에 휩싸이지 않았다면. 제 잇속을 챙기기 위해 혈안이 되어 있지 않았다면.

지금처럼 질서를 유지할 수 있었다. 이렇게 될 수 있었었다!

하지만 안심하긴 이르다.

오늘 밤부터 인류의 화력으로는 격퇴할 수 없는 몬스터가 등장하기 시작하니까.

당장은 잠이 부족한 탓에 정신이 몽롱했다. 나는 각성제한 알을 입에 넣고 손을 내밀었다.

제이미가 말했다. 미니 냉장고에서 빠르게 가져온 생수

병을 건네 오면서.

"은행장님께는 잘 설명드렸어요."

"어떤 점을?"

"오딘께서 이 나라 군에 징집되지 않은 경위를요."

"그리고?"

"오딘께서 조나단 투자 금융 그룹의 일원으로, 이번 작전에 핵심을 맡고 있는 걸로 아세요."

"놀라셨을 거야."

"많이 자랑스러워도 하셨고요."

제이미의 목소리는 감격에 사무쳐 계속 떨렸다.

그녀는 모른다.

외계 문명의 습격이 앞으로도 있을지언정, 지금 같은 우리 문명의 안정된 체계 안에서 격퇴될 거라 생각하는 것 같았다.

누누이 말해 왔듯이, 우리 문명은 시작부터 두 가지 원인으로 몰락했었다.

하나는 금융 시스템의 파멸.

그리고 다른 하나는 핵 사용이었다.

과거에서는 내일.

우리 문명의 화력으로도 감당 못 할 몬스터들이 출현하며 그것들을 통제할 수 없는 조짐이 보이자, 일본, 미국, 러시아, 중국 등이 자국의 영토에 핵을 사용했었다.

어떻게든 수도를 지켜야 한다는 광기(狂氣)로 가득 차서는, 그때부터 핵폭탄을 투하하기 시작했던 것이다. 미국이 시작이었다.

그러나 오늘 밤에 출현할 몬스터들은 핵폭탄으로 억제할 수 있는 것들이 아니다.

조금만 버티면 됐다.

몬스터들이 진격해 오는 경로상의 시민들을 안전 지역으로 철수시키고, 핵 사용을 최대한 미뤘다면.

그랬다면 동 시각, 시작의 장에서 각성자들이 살아 나오며 세계를 지금 이 모습 그대로 유지시켜 줬을 거란 말이다.

"기자 회견 준비는?"

"거의 끝나 가요. 그런데 주최 기관 이름 말인데요. '세계 각성자 협회'라는 이름이 맞나요?"

제이미가 의아해하는 건 당연했다.

그녀로서는 한 번도 들어 본 적이 없던 이름이니까.


\*        \*        \*


조슈아는 오딘이 직접 이날을 준비해 왔으며, 이날엔 추정 불가능한 그의 자본이 모조리 투입될 거란 사실도 잘 알고 있었다.

그러면서도 반신반의했던 게 사실이다. 외계 문명의 습격이라는 거대 공포를 일인(一人)이 떠받는 것이 가당키나 한 말인가.

그런데 막상 일이 터져 버린 순간, 조슈아는 목격하고야 말았다.

*이전과 이후가 다름없는 인류 문명을 위해.*

그 숭고하면서도 위대한 업적이 어떻게 이뤄졌는지 말이다.

지난 일주일간, 조슈아는 한 명의 산증인으로 긴장된 날을 보내 왔었다.

자산을 모조리 내다 파는 전 세계 세력들과 일반 대중들 대(對) 그것들을 사들이는 오딘.

그 치열한 전투는 인류가 문명을 만들어 낸 지금까지의 과거와 이후의 미래를 통틀어서도, 사상 최대의 화폐 전쟁일 것이었다.

매일 같이 움직이는 차트 그래프, 몇 퍼센티지의 수치들 속에 품어진 전황. 그것의 판세를 읽을 수 있는 금융 지식을 가진 사람들이라 할지라도, 그들은 세계의 자본 세력들이 외계 문명의 침공이라는 거대 이벤트 하에 '팔자' 와 '사자' 로 양분되었다고만 생각했을 일이었다.

천만에.

최후의 순간까지 사실상, '사자' 측은 오딘이 유일했다고 봐도 무방했었다.

그리고 오딘은 단 일인으로 세계의 온 자본과 맞서 싸워서 승리를 쟁취했다.

그로써 공포로 무너졌던 시장의 분위기가, 더는 오딘의 개입 없이도 정상 궤도로 들어섰다.

"아……."

조슈아는 전율 이상의 단어를 떠올릴 수가 없었다.

더 이상을 표현할 수 있는 단어가 있다면, 역으로 공포일 것이다.

그는 자신이 기뻐하고 있는 것인지, 정말 극도의 공포 앞에서 발발 떨고 있는 것인지 분간하기가 힘들었다. 어쨌든 자신의 온몸이 최고조로 떨리고 있다는 것만큼은 분명했다.

그 무렵 제이미가 조슈아를 찾아왔다. 제이미는 조슈아의 사색이 된 얼굴을 향해 물었다.

"아프세요?"

"괜찮소."

"땀도 많이 흘리고 계시잖아요. 기자 회견까지 얼마 남지 않았는데, 지금부터라도 안정을 되찾으셔야죠. 오딘께 들으셨죠? 조슈아가 기자 회견의 전면에 서게 되셨어요."

"오딘께서 하시는 게 아니었소?"

"아니요. 조슈아예요."

제이미는 의아한 눈길로 조슈아를 쳐다보았다. 설명을 요구하는 시선이었다.

괴물들이 온 세계에 나타난 첫날부터.

리조트 외곽은 이 나라 군인들이 지키기 시작했지만, 리조트 내부는 조슈아와 그가 데려온 사람들 그리고 투모로우라는 오딘의 사설 업체 사람들이 담당해 왔었다.

그런데 인종도 나이도 성별도 각기 다른 그들에게는 공통점이 있었다.

모두 오딘의 지휘를 따르고 있는 것과는 별개로, 특이한 병장기로 무장한 것이 그랬다.

그것들 중에는 한낮의 햇빛에 가려지지 않을 만큼 빛을 발산하는 것도 있었고, 현대 문명과는 동떨어진 활이나 방패 같은 것들도 존재했다.

제이미의 시선은 조슈아의 얼굴에서, 오늘도 그의 곁에 있는 장검으로 이동했다.

그것은 조슈아가 앉은 책상 옆에 비스듬히 세워져 있었다.

"오딘께서는 조슈아더러 세계 각성자 협회의 이사진 신분으로 회견을 준비하라 지시하셨어요."

조슈아는 고개를 끄덕였다.

무슨 연유인지 모르겠지만, 리조트로 들어온 후부터 오딘과 같은 공간에 있었음에도 오딘과 직접 얼굴을 마주한 적이 없었다.

이번에도 제이미를 통해 지시 사항을 전해 왔다.

"그런데 각성자 협회는 어떤 조직이지요?"

"……곧 알게 될 거요."

조슈아는 그렇게만 대답하고서 핸드폰을 들었다.


〈 확인 차 연락드렸습니다. 기자 회견 석상에 제가 올라가는 겁니까? 〉

〈 네 주력 팀과 투모로우의 1팀 대동해서 제대로 해. 우리가 상황을 통제할 수 있다는 걸, 누구도 의심하지 않게끔. 〉

〈 그걸 제가 해도 되겠습니까? 〉


조슈아는 신중했다.

세계 무대에 각성자란 세력이 등장했음을 알리는 첫 과정이지 않은가?

오딘이 자본 세계를 유지하는 데 공을 들여 왔으니, 이후로도 자본 세력들이 세계 질서를 만들어 가는 축임에는 변함이 없을 것이다.

그래도 생각건대, 각성자 세력 또한 세계 질서의 한 축으로 굉장한 힘을 갖게 될 수밖에 없었다.

오딘의 지시는 그 힘의 대표로 자신을 내세우겠다는 것이었다.

꿀꺽.

조슈아는 침을 삼켜 넘겼다.

어쩐지 긴장됐다. 시작의 날을 줄곧 기다려 온 까닭은 바로 이런 순간을 위해서였지만, 한편으로는 오딘이 시험하고 있다는 생각도 들어서였다.


〈 엄연히 마스터와 마리께서 계신데 제가…… 다시 고려해 주십시오. 〉

〈 시작의 장. 〉

〈 예? 〉

〈 조슈아, 너라면 시작의 장에서 이번 기회를 잘 이용할수 있겠지. 이제 몇 시간 안 남았군. 〉

〈 ……감사합니다. 마스터. 〉


조슈아는 통화를 끊으며 자연스레 주먹이 움켜쥐어졌다.

오딘을 마스터로 모시기로 했을 때 했던 생각이 있었다. 바로 오늘이 그 생각을 이루는 날인 것 같았다.

일개 귀족에서 제국의 왕가로 승격되는 날!

조슈아의 얼굴에 감격이 물들고 있던 순간, 제이미가 물었다.

"마리가 누구죠?"

"당신도 신세계의 질서에 익숙해져야 할 거요. 그러니 마리라는 이름을 절대 잊지 말고 항상 가슴에 새겨 두시오. 자. 기자 회견은 어디까지 준비됐소?"

"이 나라를 떠나지 못한 외신 기자들도 모두 들어와 있어요."

"다음 시간 정각에 시작합시다. 나는 준비를 해 둬야겠소. 그럼."

조슈아의 묵직한 눈빛에, 제이미는 더는 묻지 못하고 복도로 나갔다.

그 후부터 조슈아는 미하엘을 중심으로 한 제 주력팀과 유리아의 투모로우 1팀 전원을 불러 기자 회견 준비를 시작했다.

조슈아는 현대 문명에 비추어 어긋나 있는 장비들은 떼어 놓고 도검 정도만 소지하기로 결정했다. 그리고 오늘을 위해 준비해 뒀던 협회의 검은 정복으로 갈아입고서, 회견장으로 나갔다.

　장내 전체는 현장 취재를 나온 외신 기자들로 가득 차 있었다.

　마이크 수십 개가 테이블에 묶여 있고, ENG 카메라들은 조슈아의 등장에 반응하여 램프 등을 밝혔다.

　장내가 술렁였다.

　외신 기자들 입장에선 전일 그룹의 압박에 못 이겨 혹은 리조트의 보안 상태에 기대기 위해서 들어온 자리였다.

　설마하니, 그들 중 누구도 세계 각성자 협회라는 이상한 집단의 발표자로 독일 카르얀 그룹의 총수가 나올 거라고 생각했던 자는 없었다.

　더욱이 카르얀 그룹의, 조슈아 폰 카르얀부터가 보기에도 위험한 재래식 도검을 움켜쥔 채로 자리에 앉는 것이었다.

　조슈아는 장내가 조용해지길 기다렸다가 입술을 뗐다.

　그 말로 서두를 열었다.

　"일주일 전, 우리 문명이 침공을 받았습니다."

＊　　　＊　　　＊

거기는 실제 전장과 다를 바가 없었다.

전투는 끝났지만 치열했던 열기는 아직도 공간을 떠돌고 있었고, 월가의 병사들은 의자에 몸을 맡긴 채 널브러져 있었다.

조나단 역시 한 손으로 얼굴을 덮은 채 콧물과 눈물의 짠맛을 느끼며 몸을 들썩이던 중이었다.

지난 일주일의 전투는 승패와 상관없는 거룩한 사명이었지만, 승리까지 거머쥐며 더할 나위 없는 영광까지 깃들었다.

그는 이대로 죽어도 좋다고 생각했다.

아니.

이대로 생을 마감하는 것이 위대한 이야기에 종지부를 찍기에 제격이라는 생각마저 든 것이었으며, 나머지 인생에서 이 이상의 충만함을 다신 느낄 수 없다고 확신한 것이기도 했다.

한참을 그렇게 있었다.

조나단은 더 이상 나올 눈물이 없을 시점에 몸을 일으켰다. 그가 사무실로 나오자 같은 층의 전 직원들이 기다렸다는 듯 자리에서 일어났다.

마치 죽었던 자들이 일시에 살아나 버린 듯한 광경이었
다.

"조— 나— 단!"

"조— 나— 단!"

그때 조나단이 든 생각은, 이 시각 선후를 위해 환호해
줄 사람이 누가 있겠느냐 하는 것이었다.

선후는 언제나 그림자 속에서 살아왔다.

세계를 종말의 늪에서 강제로 끄집어낸 날에도 여전히
그랬다.

일말의 공명심 따윈 없이, 오로지 이날과 이후만을 위해
매진해 온 선후.

거기까지 생각이 미친 조나단은 피가 빠르게 식는 걸 느
꼈다.

정작 사람들은 세계를 구원한 진짜 영웅의 존재에 대해
서 모르고 있다. 그리고 앞으로도 세상 사람들은 선후가 그
들을 위해 무엇을 해 왔는지 조금도 모를 것이고……

알아서도 안 된다.

세상 사람들이 진실을 알게 된다면 선후에게 진심으로
환호해 줄까?

오히려 그가 가진 것에 공포를 느끼고 어떻게든 빼앗으
려 들 테지.

"브라이언."

조나단은 김청수를 급히 불렀다.

전일 클럽의 일원으로 조나단 투자 금융 그룹의 전 임직원들 중에서 진실에 가장 가까이 있는 자가 김청수였다. 또 선후가 제국 건국 초기에 직접 선택한 기사들 중에 한 명이었고.

"지금부터 할 일이 있다."

그러면서 조나단은 금고를 열었다.

거기에서 유령 회사들의 장부를 꺼내는데, 옛날이 생각났다. 그 유령 회사들을 겹겹이 쌓아 뒀던 것도 오래전의 선후였다.

"날 도와줘야겠어."

조나단이 김청수에게 장부를 건네며 말했다. 김청수는 하고 싶은 말이 넘쳐 났지만 일단 참고, 장부의 내용물들을 확인하기 시작했다.

그러며 김청수의 만면에 물들어 있던 감격은 천천히 날아갔다.

"자네도 대중들의 심리를 잘 알 테지. 그들이 과연 우리에게 감사한 마음을 가질까? 아니면 세계를 장악한 자본 그룹에 공포를 느끼고 혁명을 꾀하려 할까?"

특히 주식 보유 상황은 대중들에게 공지된다.

김청수가 굳어 버린 얼굴로 조나단을 바라보자, 조나단은 고개를 끄덕였다.

　"이대로 놔두면 틀림없이 우리를 비난하는 자들이 속출한다. 우리가 인류의 종말적 위기를 기회 삼았다고 손가락질할 테지. 배은망덕하게도 그럴 거야. 그게 사람이지. 큭."

　그런 미래를 떠올리고 나자, 김청수의 얼굴이 일그러지는 건 당연했다.

　'서브프라임 때도 그랬지.'

　김청수는 반박할 수 없었다.

　그제야 그는 제 손안에 쥐어진 명부가 어떤 목적으로 쓰일 것인지 깨달았다.

　조나단은 그룹 주머니에 들어온 세계 기업들의 주식을 분산하라고 지시하는 거였다.

　모르긴 몰라도, 질리언 투자 금융 그룹에서도 같은 작전을 준비하고 있을 것이다.

　"알겠습니다. 지분을 적절히 분산시켜 둬야겠군요."

　뉴욕 증권 거래소의 지분 또한 일찍이 확보한 데다가, 이번 사태에 쏟아졌던 장외 매물 중에서도 뉴욕 증권 거래소의 지분이 들어 있었다.

　대중들 대개가 연방준비은행처럼 뉴욕 증권 거래소도 국

가 기관이라고 생각하고 있으나, 진실은 전혀 다르다.

그러니 방법은 어렵지 않았다.

자전거래(대량의 지분을 거래하기 위해 증권 거래소에 사전 신고하고 이뤄지는 매매)로 유령 회사들에 온갖 지분을 분산시켜 버린 다음.

뉴욕 증권 거래소에 들어가 있는 자전거래 기록을 날려 버리면 되는 거였다.

그러면 처음부터 세계 기업들의 주식을 긁어모은 건 조나단 투자 그룹이나 질리언 투자 그룹 같은 한두 개의 자본 세력이 아니라, 천여 개의 유령 회사들도 포함되는 거였다.

"자전거래 기록은 날리지 않아도 상관없겠지. 어차피 알 만한 자들은 오딘이 온 자본의 주인이라는 사실을 모를 리 없을 테니까. 우리는 대중들의 눈만 가리면 되는 거다."

김청수도 동감했다.

"세간에 아직 알려지지 않은 이야기가 있어. 몇 시간 후부턴 몬스터들의 침공 수준이 달라진다더군."

"어떤 수준으로 말입니까?"

"우리 문명의 화력으로도 그것들을 제압할 수 없다고 했어. 그 때를 기다렸다가 지분들을 분산시키는 게 좋겠다."

"지, 지금 뭐라 하셨습니까."

김청수는 등골이 오싹해졌다. 우리 문명의 화력으로도

제압할 수 없는 것들이 나타난다니, 그것이야말로 종말이 아니던가?

"그, 그렇다면 지분을 옮기고 말고 할 게 아니라…… 도망쳐야 할 때가 아닙니까?"

김청수의 동공이 갈 길을 잃고 헤맸다. 그는 전일 리조트 안에서 보호받고 있는 제 가족들과, 지금이라도 그룹의 전용기를 이용해 한국으로 돌아갈 수 있는 방법들을 떠올렸다.

조나단이 김청수를 안심시키기 위해 설명을 시작하려 할 때였다.

사무실 한편의 모니터에서 속보가 송출되고 있었다.

「세계 각성자 협회. 이사, 조슈아 폰 카르얀」

조나단은 볼륨을 높이며 그쪽을 턱짓해 보였다.

"일주일 전, 우리 문명이 침공을 받았습니다. 하지만 세계 당국과 우리 문명의 위대한 군인들은 큰 피해 없이 상황을 통제할 수 있었습니다. 지난 일주일 동안 분명히 그래 왔습니다. 그러나 우리 세계 각성자 협회는, 더욱 지능적이며 파괴적인 적들의 습격

이 곧 시작될 거라 확신하고 있습니다. 우리 세계 각
성자 협회는 외계 문명의 침공에 맞서 세계인들의
온전한 삶과……."

"상위 몬스터들은 군인들 몫이 아니야. 저들의 몫이
지. 우리는 최후의 전투를 준비하자."

*　　　*　　　*

나는 부모님과 함께 기자 회견을 보고 있었다.

"곧 다시 시작될 위협은 핵을 포함한 현재의 화력
으로는 억제할 수 없습니다. 이를 억제할 수단은 오
로지 하나, 초자연적인 능력을 부여받은 우리 각성
자들의 열의(熱意)일 것입니다."

그 시점에서 조슈아는 화염구 하나를 띄워 올렸다. 그것
은 반지에서 튀어나왔다. 주력 아이템으로 적잖이 다뤄 왔
었는지 그것을 다루는 데 능숙했다.
조슈아가 일어서자 화염구도 그를 따라 이동해, 조슈아
의 전신을 맴돌기 시작했다.

그때 조슈아가 쥔 검에서도 화염 특성이 분명한 기운을 발출하며, 그는 누가 보더라도 화염 신의 신탁자처럼 보였다.

등급 낮은 스킬과 아이템이라도 세간의 시선을 사로잡기엔 충분했다.

동시에 그의 뒤에 포진해 있던 각성자들도 본인들의 주력 스킬들로 장막을 세우며 회견 석상 일대를 충격으로 몰아넣었다.


"세상에 맙소사……."


외신 기자들의 놀란 소리도 덩달아 송출되고 있었다.

"또 이게 무슨 일이라니."

어머니는 나와 아버지를 향해 말했다. 아버지는 쉿, 하는 짧은 소리만 내뱉으신 후 텔레비전 화면에서 눈을 떼지 않으셨다.

조슈아의 발표는 계속 이어졌다.

그는 시작의 장과 거기에서 초자연적인 능력을 부여받고 나올 각성자들의 이야기를 다루며, 세계를 향해 침착하게 기다릴 것을 촉구했다.

"몬스터가 재침공을 시작한 이후부터. 정확히 한 시간입니다. 그때 시작의 장이 시작되며 나를 보고 있는 여러분들 중에서 선택된 분들은, 우리와 같은 무대로 돌입하게 될 겁니다. 하지만 시작의 장은 우리 세계와는 다른 시간대의 공간입니다. 그 공간의 시간이 흘러도 우리 세계의 시간은 흐르지 않습니다. 그러니 여러분들에게는 우리가 준비되어진 힘으로 찰나에 나타나, 새로운 위협을 해소하는 것처럼 보일 겁니다. 우리가 무슨 말을 하는지 이해하시겠습니까."

조슈아는 화면을 노려보며 말했다.

"그 한 시간을 인내하지 못하고, 핵무기를 사용하는 것은 우리 손으로 우리 문명을 파괴시키는 행위가 되고 말 거란 말입니다. 이에 핵무기를 사용할 수 있는 권한을 가진 군의 최고 통솔자들에게 엄중히 경고하는 바는, 우리 협회에서는 이를 용인하지 않을 준비가 끝나 있다는 것입니다."

화면 속의 조슈아가 레볼루치온 그룹원 한 명에게 턱짓

을 해 보였다.

그가 서 있던 자리에서 갑자기 사라졌다.

내게도 그 광경이 모니터로 데이터가 송출된 결과인 것뿐이라서, 사라진 것처럼 보였다.

조슈아는 은신한 각성자들이 군 통솔자들의 뒤통수를 노려보고 있다는 설명쯤은 구태여 덧붙이지 않았다.

"핵무기를 사용하지 마십시오. 각성자들이 시작의 장에서 돌아오길 기다려 주십시오. 그리고 곧 시작의 장에서 시험을 치를 각성자들은 오늘의 이 발표와 우리들을 기억해 주십시오. 우리가 함께 신(新)세계에 닥친 위험을 제거해 나갈 수 있습니다."

조슈아는 억양과 표정 등이 연설자로서 완벽했다.

기자 회견은 그로써 끝이 났다.

질의응답이 시작되는 시점에서 나는 아버지를 불렀다.

아버지의 얼굴이 느릿하게 돌아왔다.

"저 사람은 조슈아 폰 카르얀이라고, 너도 알고 있을 거다. 이런 시국에 거짓말을 할 이유가 없는 사람이거니와 무엇을 할 수 있는지 봤지 않냐. 믿어야지. 믿을 수밖에. 선후야. 시작의 장이란 게…… 시작되려나 보다."

아버지는 걱정이 가득한 눈을 깜박이면서, 나와 어머니를 번갈아 쳐다보셨다. 그러시다가 어머니 곁으로 자리를 옮겨 어머니의 어깨를 감싸셨다.

"전 준비를 해야겠습니다. 누구라도 시작의 장에 돌입할 수 있어요."

"그래. 준비를 해야지…… 준비를…… 하자……."

"전일 그룹에서 만들어 둔 생존 배낭이 있습니다. 가져와야겠어요. 시작의 장이란 곳이 어떤 곳일지 모르니, 일단은 생존 배낭만이라도 쥐고 있어야 합니다."

아버지께서는 고개를 끄덕이셨다. 아버지께는 차마 말씀 드리지 못했지만, 전일 그룹에서 만들어 뒀다는 그 생존 배낭은 내가 준비한 것이다.

지금 이 리조트 안에서 보호받고 있는 사람들 중에 각성자가 나온다면, 나는 그들이 최대한 많이 살아 나오길 바랐다.

때마침 나를 찾아 달려온 제이미와 복도에서 딱 마주쳤다.

기자 회견장에서부터 여기까지 한시도 쉬지 않고 달려왔는지, 할 말을 제대로 못 하고 숨만 몰아쉬는 그녀였다.

그래도 무슨 말을 하려는지는 그 복잡한 눈빛 속에 다 담겨 있었다.

"시작의 장으로 돌입하는 사람들은 소수다. 네가 그 악운인지 기회일지 모를 가능성을 뚫고 들어간다면, 그래, 살아 나와서 다시 볼 수 있길 바란다. 따라와."

우리는 함께 지하 방공호로 내려갔다. 거기에는 리조트 인원수만큼의 배낭이 존재했다.

"사람들을 모두 이리로 대피시키고 배낭을 하나씩 나눠 줘."

"오딘과 오딘의 부모님들은요?"

"우리는 걱정 말고."

*　　　*　　　*

전 세계는 실감하기 시작했다.

세계 각성자 협회의 발표는 사실이었다고, 인류의 오랜 전쟁 문명으로 발달해 온 과학 기술로도 어쩔 수 없는 생물체들이 존재한다고!

원거리에서 끌어당긴 실시간 영상 속.

세계 각지 도시들에 불길이 치솟고 연기가 하늘을 가렸다. 듣는 것만으로도 몸서리치게 되는 괴성 소리는 메아리처럼 울려 댔다.

그것들이 포화를 뚫으며 장갑 차량들을 갈기갈기 찢어

대는 광경이나, 그 광경을 촬영하고 있던 헬기가 추락하며
일그러지는 영상과 함께 또 나오는 비명 소리들까지…….

어머니는 울다 지쳐서 아버지에 기댄 채로 잠이 드셨다.

한편 아버지는 계속 시간을 확인하시면서, 어머니의 어
깨를 토닥이시는 중이셨다.


「 17시 50분 」


지금부터였다.

나는 곧 뛰쳐나올 것만 같은 심장 쪽 가슴을 짓누르며 이
를 악물었다.


「 17시 55분 」


기억은 틀림없다. 과거 이 시각에 나는 동사무소에서 보
직 재편성을 기다리며 긴급 속보를 보고 있었다. 미국부터
핵 공격이 시작됐으며, 당시 속보에서 보여 준 영상 자료는
일본 현장에서 가져온 것이었다.


「 17시 58분 」

협회의 경고가 먹힌 것인가? 우연희가 통제를 가한 것인가?

뉴스 속보는 여전히 몬스터의 습격에 노출된 도시들을 다루기만 할 뿐이지, 핵미사일을 실은 비행기가 날아가는 광경 따윈 있지도 않았다.

이때 즈음 과거의 나는 울분을 삼키고 있었다. 그러다 2분 후인 18시 정각에 어떤 예비군의 훌쩍임에 덩달아 울음을 터트려 버렸다. 그러면서 우리 모두는 오열하기 시작했었다.

하지만 이제는 그러지 않아도 된다.

기뻐하고, 그동안 참았던 환호성을 터트려도 된다.

내가 해냈다.

내가 해내고야 말았다!


「 17시 59분 」


나는 배낭끈을 조이며 아버지께 고개를 숙였다.

"아버지. 다녀오겠습니다."

아버지께서는 설마? 하는 표정으로 두 눈을 부릅뜨며 내게 팔을 뻗으셨다.

째깍.

하지만 아버지의 팔은 내게 닿지 못했다.

「 18시 00분 」

나는 이미 거기에 없었다.

순간에 붉은 물질로 가득 채워진 내 시야 사이로 선명한
글자가 또렷하게 박혀 있었다.

**[ 시작의 장에 진입 합니다. ]**

〈다음 권에 계속〉

『제왕록』, 『무림에 가다』 시리즈의 작가 박정수
그가 거침없는 현대 판타지로 돌아왔다!

# 『신화의 전장』

주먹을 믿지 마라.
우리가 살아가는 이 땅에 인간을 벗어난 자들이 존재한다.

dream
books
드림북스

하라칸

쥬논 판타지 장편소설

핏빛 판타지의 연금술사, 쥬논.
그가 펼치는 공포와 선혈의 환상 세계!

『흡혈왕 바하문트』,『샤피로』를 잇는 그 세 번째 이야기.
검푸른 마해(魔海)의 세계에 그대를 초대합니다.

dream books
드림북스

# 수라전설 독룡

시니어 신무협 장편소설

ORIENTAL FANTASY STORY & ADVENTURE

"하나도 남김없이 모두 죽일 것이다.
놈들을 전부 죽일 때까지 절대로 끝내지 않아."

유구한 역사를 자랑하는 약문(藥門)들의 잇따른 멸문지화.

시체가 산처럼 쌓이고 피가 바다처럼 흐르는
절망의 지옥에서 마침내 수라(修羅)가 눈을 뜬다!

dream books
드림북스

# 무적군주 로이스

ORIGINAL FANTASY STORY & ADVENTURE

오렌 판타지 장편소설

만인의 작가 오렌이 선보이는
또 하나의 매력적인 환상의 세계!

'한계를 깨뜨리고 진정한 운명을 개척해?
미스토스의 계약을 하라고? 이게 다 무슨 소리야?'

아무것도 모른 채 마화(魔花) 루비아나의 손에 키워진
로이스에게 미스토스 군주라는 운명이 주어졌다.

무한의 세계에서 펼쳐지는
절대 무적의 군주 성장기가 시작된다!

dream books
드림북스